川端康成　無常と美

藤尾健剛

翰林書房

川端康成　無常と美◎目次

序

本書は、「伊豆の踊子」から『たんぽぽ』に至る、川端康成の代表作十篇を取り上げている。終章の「「魔界」と芸術」は、本書の結論に相当するが、本論の全章の内容を受けた結論ではない。「片腕」を除く戦後作品に関する本論の分析・論述を踏まえ、その他の作品をも参照して、戦後の川端文学を特徴づける「魔界」概念の成立背景や意義を考察したものである。

「魔界」に関して厄介なのは、同一の概念がさまざまな問題に適用されているために、作品によってその価値や意義が異なることである。「魔界」と関わることが、ある作品では肯定的な意味を与えられているかと思えば、別の作品では否定的に評価されているといった具合で、論理的な一貫性にもとづいて理解するのは困難である。どんな問題に適用されているかと言えば、『舞姫』や『たんぽぽ』では、わが国の歴史継承のあり方を問題化するのに「魔界」が導入されている。『千羽鶴』では、故人や過去に執着する態度が、「魔界」に落ちることとされている。『山の音』にも、共通する性格が見られる。『眠れる美女』では、主人公の抱く母胎回帰の願望が「魔界」と関連づけられている。この点は『みづうみ』も同様だが、この作品の「魔界」には、芸術家が身を置くべき世界という意味も与えられている。従来の研究では考慮されていないが、「魔界」がどのような文脈で出現するかによって、その内実が変わる。

終章は「魔界」に関する考察を総括するものであるから、「伊豆の踊子」、「禽獣」、『雪国』、「片腕」の四篇に関しては、本論で示した解釈や分析を、川端の全体像と関連付けて論じていない。ここで、その欠落をいささかなりとも補っておきたい。

第一章の「伊豆の踊子」論では、孤児という境遇に関する新しい可能性の発見がなされたという趣旨の解釈を提示した。当初「孤児根性」に屈託していた主人公が、血縁や家族を特別視する見方から解放されて、人生という旅の途上で出会うすべての人々と、親密で家族的な関係を築く可能性が開かれていることに想到するのである。

「伊豆の踊子」では漂泊者として生きる倫理的根拠を獲得したわけであるが、『雪国』では、その美学的根拠が確認されている。主人公島村の美意識を支えているのは、旅人という立場である。定住者・生活者は、利害心やエゴイズムにとらわれるのを免れがたい。より快適な生活・より安定した生活を得ようと努めるのが、定住者・生活者の抜きがたい傾向だからである。こうした利害心やエゴイズムほど、美の観照の障害になるものはない。島村が旅人の立場に身を置き、そこから逸脱しようとしないのは、駒子に代表される女性の美や自然の美しさを曇りのない、純一な目で見つめ続けるためである。終章でも述べているが、漂泊者こそが「末期の眼」を所有しうる。

もっとも、第三章の『雪国』論は、「末期の眼」を主題にしたものではない。この章では、主に『雪国』の創作方法を検討している。その点、他の章とかなり異質であるのは否定できない。

『山の音』の主人公緒方信吾を特徴づけているのは、健全で成熟したモラル・センスである。信吾は、当初嫁の菊子を媒介にして亡き義姉の住む過去の世界に逃避していた。彼は、死を恐れ、彼を死の方向に運んでいく時間から身を引き離そうと企図していたのである。その彼が最後には死に向かう時間の流れに身をゆだねるのを拒まなくなる。みずからの死を受容できるようになった信吾は、菊子と修一夫婦の生命が健全な方向に成長するのを後押ししようとして、別居を勧めている。彼は、子どもたちの抱えるトラブルが自分に累を及ぼすのを煩わしく思いながらも、人生につまずき、傷ついた房子や修一に対して、押しつけがましくない形での支援を惜しまない人物でもある。信吾は、いわば小さな英雄であって、市民として申し分のない存在である。最近出た『川端康成伝』（平25・5、中央公論社）のなかで、小谷野敦が、「川端には、『雪国』『千羽鶴』のような背徳の世界を描く作家としての面と、（中略）大正から昭和初年に成立した市民道徳に寄り添う面とがあった」と指摘しているように、作者の川端も、信吾と同じ意識を共有していると考えて間違いないだろう。

第二章の「禽獣」論や第九章の「片腕」論では、理想的な美の追求者が批判的に描かれていることを明らかにした。「禽獣」や「片腕」の作者は市民の側に立って主人公を否定的に造形している。川端は、「魔界」に入ること、市民的秩序を逸脱し侵犯することをある意味では肯定しているが、原則として芸術家に限ってのことである。「片腕」の従来の読まれ方などを一瞥するかぎりでは、市民の側に立つ作家としての川端像に関する認識が充分でないように見受けられる。川端は、芸術家であることを特権化して、市民としての立場を軽視することはなかった。終章でも触れているが、芸術家が生活者としては不幸な境涯を生きざるをえないことに自覚的な作家であった。

第一章

「伊豆の踊子」――「孤児根性」から脱却するとはどういうことか

「伊豆の踊子」（大15・1、2）を「孤児根性」からの脱却の物語と見る解釈は、現在の標準的な理解と言ってよいだろう。馬場重行は、「「伊豆の踊子」は、『自分の性質が孤児根性で歪んでゐる』という『息苦しい憂鬱』（＝屈託）を持つ『私』が、他者と向き合うことでその屈託を〈浄化〉させるまでの経緯が語られた作品である。『孤児』という『私』を規定する条件は、家族乃至は家族共同体の欠落を意味するが、『私』は伊豆への一人旅のなかで疑似家族共同体たる『旅芸人』の一行と触れ合い、そうした欠落感を補塡し、『清々しい満足』を得るに至る」[*1]と、この作品の主題を要領よくまとめている。

だが、近年、このような見方に異議を唱え、「〈孤児根性〉の脱却」が「〈思ひ違ひ〉であ」り、「幻想」[*2]だったとする解釈が提示されるに至っている。「伊豆の踊子」が、「孤児根性」脱却の物語とともに、それを否定しかねない〈「私」が旅芸人達との差異を自覚していく物語〉をも語っていると指摘し、この作品が単一の主題に収斂しない「多重的な構造」[*3]を抱えているとの見解も行われている。先に言及した馬場の論文も、旅芸人を差別する世間の存在を捨象した、「旅の非現実をのみ舞台として〈浄化〉の思いを語っ」[*4]たものでしかないないとして、「孤児根性」脱却が限定的な意味しか持たないと指摘している。「孤児根性」脱却の主題を相対化する見方が、最近の「伊豆の踊子」論の趨勢のようだ。

しかし、「孤児根性」を脱却するとは、そもそもどういうことであろうか。「孤児根性」脱却の主題を相対化する、というよりも、それを否定する解釈を提唱している原善は、「〈私〉の思いこみや〈誤解をそのままにする〉独善的な在り方、あるいは現実を一つの厚いフィルター越しにしか眺められない在り方こそが〈孤児根性に歪んでゐる〉〈性質〉である」と指摘している。が、このような〈性質〉は、孤児でない多くの青年が共有するものであろう。原は、自身の論旨に都合のよい方向に、「孤児根性」の意味を恣意的に限定していないだろうか。一方、原とのあいだで論争を繰り広げた羽鳥徹哉は、「心がよろいを着けて自分が自分に引き籠り、素直に人に親しんでいけない、従つて人から受け入れて貰えない孤独の心のあり方を指している」[*5]という理解を提示している。このあたりが、「孤児根性」に関する標準的な理解であろう。

しかし、「伊豆の踊子」の前半と後半における「私」の変化を適切に評価するためには、「孤児根性」、――というよりも、「孤児根性」を脱却するということを、より根底的なレヴェルで理解する必要がある。「孤児根性」脱却の主題を否定ないし相対化する論文の多くが拠り所としているのは、旅芸人たちと「疑似家族」的な交わりを結んだはずの「私」が、しきりに誘われる、早産した嬰児の法要に同席するのを拒絶し、その後も大島に帰った旅芸人たちとの交流を持続した形跡がないことにあると思われる。この点はまた、「私」が自身を旅芸人たちから差異化する階層意識や差別感情を根深く抱いているといった批判の論拠ともなってきた。だが、こうした非難や批判は的外れであって、ひとえに「孤児根性」から脱却するとはどういうことかに関する理解が十分でないところに根差している。

「孤児根性」を脱却するとは、単に独善性や自閉性に傾きがちな性癖を改めることではなく、〈家族〉というものに対する認識を大きく転換することではないか。私たちは家族を血縁の絆で結ばれた特別な存在と考えがちだが、「伊豆の踊子」の主人公「私」は、家族を特別視する考え方そのものを放棄し、日常生活において親しく交わる人々や、この物語のように、旅の途上で出会った人々とさえ、場合によっては家族と同様の親密な関係を結びうることに想到したのではないか。固定された、血縁的な関係のみにとらわれず、人生という旅の途上で出会うすべての人々とのあいだに家族と同様の関係を築きうると考えさえすれば、「孤児根性」の根拠そのものが雲散霧消する。「伊豆の踊子」の「私」の内面に生まれたのは、家族と非家族、血縁と非血縁を分割する発想そのものからの解放ではなかっただろうか。

しかし、「伊豆の踊子」の本文そのものからは、「私」の内面に、右に述べた類の発想の転換が生じたかどうかを確認するのは容易でない。川端の他の作品のなかに、私たちが想定する発想の転換を裏付ける記述がないかどうかを検討しなければならない。

そこで、第一に注目されるのが、前年の作品「孤児の感情」（大14・2）である。この作品の主人公「私」も、幼くして両親に死別した孤児である。彼には、別の親戚の家で育てられた妹が一人あった。二人はめったに会うことがなく、会っても親しく言葉を交わすことのないまま成長した。その妹に縁談が起こり、東京の兄の下宿にしばらく寄寓することになった。「私」と同じ部屋の蒲団で、「私」よりも先に安心して眠りに就く妹について、「私」は次のような感懐を抱く。

「こいつは馬鹿だ。反省と懐疑といふことを知らない馬鹿だ。」

男と床を並べて、よく平気で眠れたもんだ。妹といふ概念に安心してゐるのだ。兄妹ではあつても、一つの家に寝るなぞは生れて今度が初めてであるし、私が妹に就て知つてゐることを何もかも心に描き出してみるとしたところで二分間で種切れになるくらゐなのだ。兄妹であるからといふ気持も、私達の場合には、人間の感情の因習を概念的に信じることに過ぎないのだ。同じ父母から生れたといふのか。でも私は父や母を見た覚えもない。千代子が私の妹であるとは思へても、私の父母の娘であるとは思へない。とにかく千代子は、私の妹であるといふ記憶のやうなものを、彼女の頭の中に持つてゐる。そしてその持つてゐるものに反省と懐疑との眼を向けてみないのだ。しかし、若しそれを忘れてしまつたら——。（四）

千代子と「私」は、肉親らしい親しみを経験しないまま成長した。にもかかわらず、血のつながった兄というだけで、異性として警戒することもなく、安心して寄り掛かっているかのような妹の態度が、〈家族〉という「概念」を無批判に信じることとされている。肉親に対して特別な親しみを感じ、根拠のない信頼を寄せようとする傾向が、「感情の因習」と呼ばれ、その自明性に疑いの目が向けられている。この懐疑を敷衍すれば、実質を伴わない肉親の絆に執着するよりも、たとえ血縁的なつながりがなくとも、本物の信頼や親しみを感じることのできる他者を見いだせるなら、その人との関係を尊重する方がはるかに合理的だという判断が導かれることになるだろう。

次いで、「私は一つの夜を思ひ出す」として、大正十二年の地震のときの光景が回顧される。火事に追われて、公園に逃れた「私」は、「立木の枝に蚊帳を釣り地面に夜具を敷いた」。そこに下宿先の会社員の妻が、赤ん坊を抱えたまま、「私にろくろく挨拶もなしに、私の寝床に入つて来た」。「彼女は一日間の混乱で少し常識を失つて、無考へになつてゐるのだらう」。が、周囲の人々は、「私」と会社員の妻が、「夫婦ではないといふ記憶」を持たないために、「私」たちを怪しむことがなかった。このような事態に直面した「私」は、次のようなことを「空想」する。

彼女も傍の人々と同じやうに、私と彼女とは夫婦ではないといふ記憶を失つたとしたら。会社員の妻であるといふ記憶も失つたとしたら。そして、世の中の人間が悉く記憶力と名づけられた頭の働きを失つたとしたら。夫は昨日のわが妻を忘れ、妻は昨日のわが夫を忘れ、親は昨日のわが子を忘れ、子は昨日のわが親を忘れたとしたら。その時は、人間は悉くみなし児となり、ここは「家庭のない都市」となるだらう。――誰も彼もが私と同じ身の上になるだらう。（同）

ここでは、家族を非家族から区別し、特別な執着の対象とさせているものが主観的な記憶にすぎないことが暴露されている。何かの事情で記憶が損なわれれば、家族と非家族を区別する根拠が失われてしまう。たとえ、血縁で結ばれていても、たとえば「私」のように、両親の記憶が欠落しているなら、彼らに対して親密な感情をもつことはできない。夫婦の場合は、もともと血縁でないのだから、記憶を除き去れば、相手を特別視する理由は完全に失われる。

周知のように、記憶は容易に改変されうる。当人が過去の事実と思いこんでいる事柄が実際の事実に合致しないことが少なくない。[*6] 家族／非家族の区別を支える根拠は、案外に不確かなものでしかない。

ちなみに、掌編小説「滑り岩」（大14・11）は、子どもを生むことに狂気じみた執着を示す女たちの滑稽な哀れさを描いた作品であるが、そのなかに、「これが俺の女房で、これが俺の子供で、この言葉はあらゆる迷信を含んでゐるぢやないか」という一節がある。配偶者や子どもに対する排他的な執着は、「感情の因習」にすぎないということであろう。

「孤児の感情」や「滑り岩」の一節から、「伊豆の踊子」執筆時の川端が、私たちが自明の前提としがちな、血縁や家族の絆を特別視する観念に懐疑の目を向けていたことが確認できる。掌編小説「離婚の子」（昭4・6）は、やや時代が隔たるが、「伊豆の踊子」の「私」が到達した境地を考えるのに参考になる作品である。

ともに小説家だった夫婦は、愛情が覚めた後も結婚生活を継続するのを無意味と考えたのであろう。互いの自由を尊重して、離婚に踏み切った。が、離婚後も、相互に対する親愛の情を持ち続け、男女としてでない交際を継続していた。二人のあいだの子ども健坊は、二人の意向を尊重するかのように、父と母の家庭を行き来して育つ。健坊は、そういう生活にも慣れて、快活さを失わぬ子どもとして育った。父親は、健坊を、「二人の離婚の理想を実現してくれるのさ。二人の新しい家庭は街道の上の青空だといふ」（四）と評している。

が、母親に新しい恋人が現れるなどして、二人の関係が疎遠になるに従って、「その距たりが子供にきびしくあたつてゐること」が分かった。「子供は父と母との間を行き来しながら、その距たりに打ち克たうと、知らず識らずにつとめてゐた。このために子供の感情の逞しく成長して行くのが目に見えた。子供は父も母も自分のものにして置きたいために、何かと激しく戦つてゐた」（六）。やがて、健坊は、母の恋人とも躊躇なく接し、父の新しい配偶者を、何のこだわりもなく「お母さん」と呼んで親しむまでになった。健坊が「激しく戦つてゐた」のは、子どもは、血縁でつながれた一組の父母のいる家庭に帰属し、両方の親からの愛情に包まれて育つのが当然だとする、たいていの子どもが無意識のうちに前提にしている観念だろう。父と母の愛情を受け続けるためには、そうした観念の捕らわれから脱して、新しいパートナーをも積極的に受けいれ、良好な関係を築くべきだと無意識裡に判断したのであろう。血縁の親に固執し、新しいパートナーを拒否することは、父や母の愛情を失いかねないので、忌避されたのである。健坊は、幼くして甘えをみずからに禁じ、意識せずに父母の自由を尊重するすべを身につけたのである。

健坊にとって、父と母がそれぞれに赴くところに家庭があり、父と母がおのおの見いだしたパートナーが新しい母となり父となる。彼は固定した家庭や血縁への執着から解放された子どもなのである。

健坊の場合には、いまだ血縁の父母の愛情に執着していると言えるが、父と母のパートナーを新しい母や父として受け入れたことは、血縁への執着から自由であることを示しており、そのことは血縁の父母への執着を放棄する可能性を含意していると考えるべきである。血縁の親との関係が実質を伴わないことが判明すれば、その関係を清算して、他者とのあいだに実質を伴った新しい関係を構築するのに躊躇することはないであろう。

「伊豆の踊子」の「私」は、孤独な境涯に伴う寂しさゆえに、家族の絆や家庭の温かみを求めていたのであろう。「孤児根性」とは、それを享受している人々への嫉妬や、それが欠落しているのに伴う飢渇感の謂いであろう。が、旅芸人たちとの交渉を通して、他人とのあいだにも実質上家族と同様の関係が成立することに想到して、「離婚の子」の健坊と同様、固定した家庭や血縁の絆への執着から解放された自由な境涯に立つことができたのである。

「伊豆の踊子」の「私」に、血縁や家庭を特別視する見方から解放するきっかけを与えたのは、栄吉であったと考えられる。湯ヶ野に着いた後、「私」は栄吉に案内された宿の内湯で、彼の身の上話を聞いた。

自分が二十四になることや、女房が二度とも流産と早産とで子供を死なせたことなどを話した。彼は長岡温泉の印半纏を着てゐるので、長岡の人間だと私は思つてゐたのだつた。また顔付も話振りも相当知識的なところから、物好きか芸人の娘に惚れたかで、荷物を持つてやりながらついて来てゐるのだと想像してゐた。（二）

三川智央は、栄吉に関する、傍線部のような、「私」の「認識」が、「全くの〈間違い〉であることを物語内の「私」が知るのは、物語内部の時間がずっと進行した湯ヶ野三日目の朝（第四章）のことである」と指摘している。「湯ヶ野三日目の朝」とは、約束に従って、朝の八時に「私」が木賃宿を訪ねたところ、一行がまだ寝ていて、栄吉が上の娘の千代子と同衾しているのを目撃したときのことである。「それを見るまで私は、二人が夫婦であることをちつとも知らなかつたのだつた」。

そうだとすれば、「私」は、「流産と早産とで子供を死なせた」栄吉の妻は長岡にいると思い込んでいたことになる。「私」は、栄吉が自身の家族と家庭を捨てて、旅芸人たちと同行していると信じていたのである。血縁や家庭にとらわれずに、あらゆる人々と家族に等しい関係を形成できるとする「私」の認識は、誤解だったとはいえ、栄吉の生き方に触発されたものであった。栄吉に関する「私」の先入観は、やがて誤りであることが判明するが、その先入観に導かれた認識の方は、貴重な啓示として「私」を動かし続けたはずである。現に「私」は、行きずりの他人にすぎなかったにもかかわらず、旅芸人たちから亡児の法要への同席を誘われたばかりでなく、大島の家にまで招かれている。家族、――あるいは縁者に等しい待遇を与えられたわけである。

が、「私」は、学校を楯に、法要への参加を拒絶した。本章の冒頭でも触れたように、「私」が子どもの法要に立ち合わなかったこと、その後「私」が旅芸人一行の故郷である大島を訪わなかったことを目して、「孤児根性」からの脱却が充分でない証左とみる見解、あるいはエリートである「私」と旅芸人たちとの埋めがたい距離を見る見解がある。しかし、「私」が新たに獲得したのは、人生の途上で出会うすべての人々と家族的な関係をとり結ぶ可能性であって、特定の人々と実質的に家族と同様の関係を結ぶことではない。特定の人々を家族と見てその関係に執着するのは、血縁の絆に固執することと何ら変わりがない。固定的な関係に執着しない自由な境涯に立つことこそが重要なのである。


旅芸人一行と別れた後の「私」の態度は、固定的な家族の観念から解放されたことをはっきりと示している。

帰りの船に乗り込むとき、「私」は、「土方風の男」から、孤児を連れた老婆の同伴者となることを依頼されるが、「私は婆さんの世話を快く引き受けた」（七）。これは、「私」が、老婆たちと家族的な関係をとり結ぶことを「快く」受けいれたこととして理解すべきである。

「私」はまた、船中で、入学準備のために東京に向かおうとする少年と出会う。その少年の弁当の相伴にあずかる「私」の態度が、「私はそれが人の物であることを忘れたかのやうに海苔巻のすしなどを食つた」（同）と記されている。上田渡が指摘するように、「人の物であることを忘れ」、家族から提供されたものであるかのように、遠慮なく厚意を受けいれる「私」の態度は、「私」が家族／非家族の区別を超越しており、「〈私〉の「孤児根性」が解消し」[*7]たことを示している。冒頭の茶屋の婆さんの親切に対して、「五十銭銀貨」（二）でしか酬いようとしなかった箇所との対称性に留意すべきである。

「孤児根性」からの脱却が非日常的な旅の時空でのみ可能だった一時的なものでしかないという主張がよく行われている。家族的な交わりを築いたはずの旅芸人一行と分かれてしまえば、再び孤独な境涯に逆戻りしてしまうからである。しかし、踊子一行と別れた直後の箇所に、「私」が婆さんの世話を引き受け、受験生と遠慮のない態度で交わっている場面を書き入れているのは、「私」の変化がその後も持続することを示唆しているものと理解すべきであろう。

末尾の「私」の心情を描いたくだりでは、「空虚な気持」が強調されている。


少年が竹の皮包を開いてくれた。私はそれが人の物であることを忘れたかのやうに海苔巻のすしなどを食つた。そして少年のマントの中にもぐり込んだ。私はどんなに親切にされても、それを大変自然に受け入れられるやうな美しい空虚な気持だつた。明日の朝早く婆さんを上野駅へ連れて行つて水戸まで切符を買つてやるのも、至極あたりまへのことだと思つてゐた。何もかもが一つに融け合つて感じられた。（七）

この「空虚な気持」については、この直後の末尾部分で、「私は涙を出委せにしてゐた。頭が澄んだ水になつてしまつてゐて、それがぽろぽろ零れ、その後には何も残らないやうな甘い快さだった」と反復して描かれている。「空虚な気持」に関してさまざまな解釈があるが、「私」の心を束縛して「孤児根性」をはぐくませていた従来の〈家族〉観念が解消したこと、〈家族〉というものについて自由な開放的な観念をもてるようになったことを示すものであろう。受験生の弁当を遠慮なく食べ、婆さんへの親切をごく「あたりまへ」のことと考える文脈のなかに「空虚な気持」が現れることを考えると、この解釈が妥当であることが分かる。

川端は、「十六歳の日記」（大14・8、9）の「あとがき」で、「親戚や学寮や下宿を転々してゐるうちに、家とか家庭とかの観念はだんだん私の頭から追ひ払はれ、放浪の夢ばかり見る」と述べている。「私は温泉にひたるのが何よりの楽しみだ。一生温泉場から温泉場へ渡り歩いて暮したいと思つてゐる」（「湯ヶ島温泉」大14・3）とも記している。川端には、人生を旅と見る見方、自らを旅人、漂泊者と捉える見方が根強い。「伊豆の踊子」に、「私が湯ヶ島へ来る途中、修善寺へ行く彼女たちと湯川橋の近くで出会つた。その時は若い女が三人だつたが、踊子は太鼓を提げてゐた。私は振り返り振り返り眺めて、旅情が自分の身についたと思つた」（二）という一節がある。「旅情が身についた」とは、旅を渡世にする旅芸人一行の姿に触発されて、みずからをも旅人、漂泊者になぞらえる思いが兆したということであろう。血縁や家族を特別視するのをやめて、万人と家族的な関係を取り結んでいこうとする考えは、漂泊者の自意識が生み落としたものでもあろう。[*8] 孤児という立場を、固定的な関係からの自由や、万人に開かれた親密な関係を樹立する可能性探求の契機として捉え返したのが、「伊豆の踊子」の「私」であった。孤児の境涯を、欠落としてではなく、恩寵として把握し直そうとしたのである。

第二章

「禽獣」の花嫁——動物・死者・仏

一

最初に、「禽獣」（昭8・7）の主人公「彼」が、なぜ動物とともに暮らしているのか、「彼」が動物に何を求めているのかを確認しておきたい。

「だから人間はいやなんだ。（中略）人それぞれの我といふやつを持つてゐる」とあるように、動物は人間の「我」を持たないというのが、動物と暮らす第一の理由である。「僕は年のせゐか、男と会ふのがだんだんいやになつて来てね。男つていやなもんだね。直ぐこつちが疲れる」とも語っている。男と男が相対するとき、相互の「我」が刺激され、優越を求めて張り合おうとする衝動を抑えかねるのであろう。「彼」は、自他のそうした「我」の角逐をあさましいもの、疎ましいものと感じているのである。

第二の理由は、「我」を持たない動物は、それを眺める主体の「我」を刺激することがないから、利害心やエゴイズムに曇らされない純粋に審美的な観点から、対象の美を堪能できるからである。

新しい小鳥の来た二三日は、全く生活がみづみづしい思ひに満たされるのであつた。この天地のありがたさを感じるのであつた。多分彼自身が悪いせゐであらうが、人間からはなかなかそのやうなものを受け取ることが出来ない。貝殻や草花の美しさよりも、小鳥は生きて動くだけに、造化の妙が早分りであつた。籠の鳥となつても、小さい者達は生きる喜びをいつぱいに見せてゐた。

彼は目覚時計の代りにこの百舌を枕もとに置いてゐる。朝が明るむと、彼が寝返りしても、手を動かしても、枕を直しても、

「チイチイチイチイ。」と甘えるし、唾を飲む音にさへ、

「キキキキキ。」と答へるし、やがてたけだけしく彼を呼び起す声は、まことに生活の朝をつんざく稲妻のやうに爽快である。彼と幾度か呼応して、彼がすつかり目覚めたとなると、いろんな鳥を真似て静かに囀り出す。

「今日の日もかくて目出度い。」といふ思ひを彼にさせる先きがけが百舌で、やがてもろもろの小鳥の鳴声が、それに続くのである。

これらの一節は、動物に囲まれた「彼」の生活が一種の〈美的生活〉であることを示している。「彼」は、『それから』（明42・6～10）の長井代助や『渦巻』（明43・1～3）の牧春雄と同様の享楽主義者なのである。ただし、「彼」の美的対象は、芸術作品や女性ではなく、動物である。動物は「彼」の感覚にみずみずしい刺激を与え、生活を清新さに満ちた豊饒なものに高めることに貢献している。

第三の理由は、人間を束縛する義理人情の絆や〈無常〉の原則から解放されて、理想的な美を追求できるからである。

だから人間はいやなんだと、孤独な彼は勝手な考へをする。夫婦となり、親子兄妹となれば、つまらん相手でも、さうたやすく絆は断ち難く、あきらめて共に暮さねばならない。（中略）

それよりも、動物の生命や生態をおもちやにして、一つの理想の鋳型を目標と定め、人工的に、畸形的に育ててゐる方が、悲しい純潔であり、神のやうな爽かさがあると思ふのだ。良種へ良種へと狂奔する、動物虐待的な愛護者達を、彼はこの天地の、また人間の悲劇的な象徴として、冷笑を浴びせながら許してゐる。

人間の場合、家族の者が美的な満足を与えないからという理由で、家族を入れ替えることは、情義の絆のゆえにできにくい。しかし、動物の場合には、美しくない個体を排除し、美的な満足を与えるものだけを選ぶことができる。

この引用文の後半から見て取れるように、〈無常〉の原則をも超克できる。人間を含めた生命の美は、時の経過とともに変化し、衰え、失われるのを免れがたい。親の美しさが子の世代に受け継がれるとも限らない。一方、動物の美は、一つが衰滅したとしても、別の個体で補うことができる。人工的な交配方法によって親の美を凌ぎ、理想的な美しさを具備する個体をつくり出すことも不可能ではない。

ただし、美の水準を維持・向上させるためには、美をもたないものや美を失ったものに対する憐憫、「仏心」を捨てる必要がある。

最後に、動物は人間の孤独を癒してもくれる。「彼」は、「自分の傍にいつも、なにか生きて動いてゐるものがゐてくれないと、さびしくてやりきれ」ないと感じている。


小鳥屋が持つて来たのは夜であつたから、すぐ小暗い神棚に上げておいたが、ややあつて見ると、小鳥はまことに美しい寝方をしてゐた。二羽の鳥は寄り添つて、それぞれの首を相手の体の羽毛のなかに突つこみ合ひ、ちやうど一つの毛糸の鞠のやうに円くなつてゐた。一羽づつを見分けることは出来なかつた。

四十近い独身者の彼は、胸が幼なごころに温まるのを覚えて、食卓の上に突つ立つたまま、長いこと神棚を見つめてゐた。

人間でも幼い初恋人ならば、こんなきれいな感じに眠つてゐるのが、どこかの国に一組くらゐはゐてくれるだらうかと思つた。この寝姿をいつしよに見る相手がほしくなつたが、女中を呼びはしなかつた。

そして翌日からは、飯を食ふ時も鳥籠を食卓に置いて、菊戴を眺めながらであつた。

「この寝姿をいつしよに見る相手がほしくなつた」の一節は、「彼」のなかに、菊戴のつがいのように「きれいな感じに眠」る相手を求める欲求があることを物語っている。榎本冨士子が、右の一節を引き、「彼がこのような感慨に及ぶのは、彼自身が対（組）という形態に拘泥し、常に意識下に留め、個でいたいという言明の真底ではこれを希求していたからではないだろうか」[*1]と述べているとおりであろう。

「彼」はまた、「犬の出産と育児が」「なによりも楽しい」と受けとめ、ボストン・テリアの出産に立ち合った後、「新しい命の誕生といふ、みづみづしい喜びが胸にあふれて、街を歩き廻りたいやうであつた」と感じてもいる。このような「彼」の「喜び」は、おそらく川端自身の体験の投影であろう。次の文章は、「禽獣」の「彼」の心情を理解する上で参考になる。

私のワイヤア・ヘエア・フオツクス・テリアの牝犬は、珍らしく母性愛が強い。（中略）この犬からは女の母としての本能を、しみじみと教へられた。授乳中の仔犬は母親の口のなかへしか糞尿をしないくらゐに、牝犬は人間の母に劣らず、よく子供の世話をする。産後のしばらくは、仔犬のためにおちおち眠りもしない。犬を愛する人間の側から見ても、私の日尚浅い経験から言へば、出産から離乳の頃までの仔犬を母犬と共に育てるのが、一番楽しいやうである。傍についてゐてお産の手伝ひをしてやつてゐると、新しい命の誕生といふものの喜びに打たれる。また、この世の恐れを知らぬ仔犬がだんだん飼主の感情のなかへ移り住ん

で来る経路は、とりわけ面白い。（「わが犬の記」昭7・2）

「犬の出産と育児が楽しい」のは、生命のみずみずしさや造化の神秘に接することができるせいであろうが、同時に、みずからの子を産ませ、育てることができない不満を癒し、代償的な満足を得られるからでもあるだろう。「禽獣」の「彼」も同じことであろう。

次の一節は、三好行雄によって、「論理的な脈絡から」の「逸脱[*2]」が指摘された部分である。すでに問題にした文章と重複する箇所を含んでいるが、文脈を確認するためにあえて引用する。

> 雛の間は雌雄の分らぬ小鳥がある。小鳥屋はとにかく山から一つの巣の雛をそつくり持つて帰るが、雌と分り次第に捨ててしまふ。鳴かぬ雌は売れぬのだ。動物を愛するといふことも、やがてはそのすぐれたものを求めるやうになるのは当然であつて、一方にかういふ冷酷が根を張るのを避けがたい。彼はどんな愛玩動物でも見ればほしくなる性質だが、さういふ浮気心は結局薄情に等しいことを経験で知り、また自分の生活の気持の堕落が結果に来ると考へて、今ではもう、どんな名犬でも名鳥でも、他人の手で大人となつたものは、たとひ貰つてくれと頼まれたにしろ、飼はうとは思はぬのである。
>
> 　だから人間はいやなんだと、孤独な彼は勝手な考へをする。夫婦となり、親子兄妹となれば、つまらん相手でも、さうたやすく絆は断ち難く、あきらめて共に暮さねばならない。お

まけに人それぞれの我といふやつを持つてゐる。

接続詞「だから」が前後のパラグラフを結びつけているが、三好は前のパラグラフの内容が第二段落冒頭の「人間はいや」だという判断の理由にならないと指摘している。しかし、「だから」が受けているのは、前のパラグラフの内容ではなくて、同じパラグラフの後続する一節、「夫婦となり、親子兄妹となれば、つまらん相手でもさうたやすく絆は断ち難く、あきらめて共に暮らさねばならない」の部分ではないか。つまり、第二パラグラフは倒置表現なのであって、「だから人間はいや」だという判断がまず提出されて、その理由がその後に置かれているのである。

このように理解すれば、「だから」の論理的な不整合は解消されるが、にもかかわらず第二パラグラフの内容は依然として唐突である。

第一パラグラフの前半は、動物を愛することがより美しい個体を求め、美しくない個体を排除する「冷酷」につながることを述べたもので、ここからは、人間の場合は情義の絆ゆえに、美的でないものを切り捨てられないという第二段落の内容にスムースに連接する。しかし、第一段落の後半には、「生活の気持の堕落」を恐れるために、「他人の手で大人となつた」動物は飼わない。つまりは家族的な絆を実感できる、幼い頃から自分が育てた動物しか飼わないと述べているのだから、人間の「絆」を嫌悪する第二パラグラフの内容とズレを生じている。

第一パラグラフの後半は、美の非情な追求者としての「彼」の立場と矛盾している。竹盛天雄は、「わたくしたち読者は、小鳥や動物でいろどられている世界に引き入れられてゆくうちに、突如『道徳的な』というような、人間臭い倫理的な主人公の反応につきあわされる」[*3]と指摘しているが、さしずめこの箇所などが、「彼」の「道徳的な」一面を露呈させた典型的な部分であろう。美を追求するためには、「仏心」を捨てて、「薄情」でなければならないはずなのに、ここでは「気持の堕落」を避けることを口実に「薄情」であることを否定している。「彼」は一方では動物に美を求めながら、他方では家族の代理を求めているのであり、その矛盾が第一段落に前半と後半の齟齬をもたらしているのである。

第二段落の冒頭で「人間はいやだ」とことさら力こぶを入れているのは、第一段落の後半から透けて見える、動物に家族の代理を求めようとする欲求を、みずからに対して否定して見せようとしてのことであろう。ミザントロープの自己認識を覆しかねない感情が露呈されそうになったので、それを無意識の闇に葬ろうとして、あわてて「だから人間はいやなんだ」という日頃の信条を再確認しようとしているのであろう。三好を戸惑わせた不自然な倒置表現は、日頃の自己認識に反する事実を垣間見て、動揺する心情に発するものである。

「彼」が非情な美の追求者に徹しきれない矛盾した因子を抱えていることは従来も指摘されているが、その矛盾する因子が動物に家族や人間の代理を求める感情として具体化していること、当人はその矛盾する因子の存在を自覚していないことを確認しておくのは、この作品を読む上で重要である。

次の、足を痛めた菊戴に対する「彼」の反応は、「彼」が動物に人間の代理、——端的に言えば、妻や恋人の代理を求めていることを、はっきりと示している。

しかし、菊戴は二羽とも、止木に止まらうとして幾度となく落ちた。足の指が開かないらしい。捕へて指で触つてみると、足の指は縮かんだまま硬ばつてゐる。細い枯枝のやうに折れさうだ。

「旦那さまがさつき、お焼きになつたんぢやありませんか。」と、女中に言はれてみると、いかにも足の色がかさかさに変つてしまつてゐて、しまつたと思ふだけに、尚更腹が立つて、

「僕の手の中に入れてたのに、手拭の上だのに、鳥の足の焼けるわけがあるか。——明日も足が治らなかつたら、どうすればいいか、鳥屋へ行つて教はつて来い。」

彼は書斎の扉に鍵をかけて、閉ぢこもりながら、小鳥の両足を自分の口に入れて温めてやつた。舌ざはりは哀憐の涙を催すほどであつた。やがて彼の掌の汗が翼を湿らせた。唾で潤つて、小鳥の足指は少し柔らいだ。手荒にさはれば脆く折れさうなのを、彼は先づ指の一本を丹念に伸ばしてやり、自分の小指を握らせてみたりした。そしてまた足を口に銜へた。止木を外して、小皿に移した餌を籠の底へ置いたが、不自由な足で立つて食ふことは、まだ難儀であるらしかつた。

足を痛め、すでに小鳥としての美が損なわれているにもかかわらず、異常ともいえる執着ぶりを見せている。鶴田欣也が「湿った官能の空気が書斎を満たす」[*4]と指摘したように、小鳥の病んだ足を口に含む行為は、性欲のよじれた発露以外のものではない。「書斎の扉に鍵をかけ」るというものものしい振る舞いもそれを暗示している。ボストン・テリアの表情から千花子の面差しを想起するなど、「彼」の飼う動物の多くには、千花子のイメージが重ねられていると思われる。福田淳子が、「菊戴の美しく軽やかな動きに執着する〈彼〉は、舞踏家千花子に執着し続けている〈彼〉、と考えられる」[*5]と指摘したように、とりわけ「まことに可憐ながら、高雅な気品」を湛えた菊戴の姿態には、千花子が二重写しにされている。菊戴は、千花子の形代に他ならない。

水籠を盥から出した時、ぶるぶる顫へて目を閉ぢながらも、とにかく足で立つてゐただけ、前よりはよほどましだつた。もう足を焦がさない注意も出来る。

「またやつちやつた。火をおこしてくれ。」と、彼は落ちつき払つて、恥かしさうに言ふと、

「旦那さま、でも、死なせておやりになつたらいかがでございます。」

彼はなんだか目が覚めたやうに驚いた。

「だつて、この前のこと思へば、造作なく助かる。」

「助かつたつて、また長いことありませんよ。この前も、足があんな風で、早く死んでしまへばいいのにと思つてをりました。」

「助ければ助かるのに。」

「死なせた方がよろしいですよ。」

「さうかなあ。」と、彼は急に気が遠くなるほど、肉体の衰へを感じると、黙つて二階の書斎へ上り、鳥籠を窓の日差のなかに置いて、菊戴の死んでゆくのを、ただぼんやり眺めてゐた。

日光の力で助かるかもしれないとは、祈つてゐた。しかしなんだか妙に悲しくて、自らのみじめさをしらじらと見るやうで、小鳥の命を助けるために、この前のやうに騒ぐことは出来ないのだつた。

「『またやつちやつた。火をおこしてくれ。』と、彼は落ちつき払つて、恥かしさうに言」ったのは、菊戴の足を口に含むという性的な意味を含んだ行為を再演したいために、無意識のうちに同じ過ちを反復したことを暴露している。

「死なせておやりになつたらいかがでございます」の言葉に、「彼」が「肉体の衰へ」を感じたのは、美を求めて動物を飼っていたはずが、いつのまにか家族を求めていたことに気づかされたからである。実際、菊戴を助けようと懸命になる「彼」の姿は、愛妻か愛児の命を救おうとする男をさながらに彷彿させる。人間の「我」を憎悪する、孤独で冷酷な審美家であったはずの「彼」が、いつのまにか特定の個体に対する憐憫に呪縛された人情家に堕落していたのである。

この場面は、動物に家族や人間の代理を求めようとした欲求を彼自身が初めて自覚した箇所である。自身の日頃の信条と矛盾する欲求を自覚させられたがゆえに、愕然として「肉体の衰へ」を感じたのである。

次の節で述べるように、「彼」は今後、動物と暮らす生活に見切りをつけると考えられる。それは千花子を動物でなく、死者と同一化させる方向に転じたせいである。だが、ここで確認したように、動物との生活が当初から矛盾をはらんでおり、その矛盾が動物を対象とする美的生活を純一なものに徹底させるのを阻んでいると認識したためでもある。動物に家族の代理を求めようとする、意識せざる動機が、美的生活を破綻に追い込んだのである。

二

動物を相手にして暮らす、独身主義者らしい「彼」は、かつて一度だけ結婚を考えたことがあった。

千花子は十九の時、投機師に連れられて、ハルビンへ行き、そこで三年ばかり、白系ロシア人に舞踊を習つた。男はすることなすことに躓いて、生活力を失つてしまつたらしく、満州巡業の音楽団に千花子を加へて、やうやく二人で内地へ辿り着いたが、東京に落ちつくと間もなく、千花子は投機師を振り棄てて、満州から同行の伴奏弾きと結婚した。そして方々の舞台にも立ち、自分の舞踊会を催すやうになつた。

その頃、彼は楽壇関係者の一人に数へられてはゐたが、音楽を理解するといふよりも、或る音楽雑誌に月々金を出すに過ぎなかつた。しかし、顔見知りと馬鹿話をするために、音楽会へは通つてゐた。千花子の舞踊も見た。彼女の肉体の野蛮な頽廃に惹かれた。いつたいどういふ秘密が、彼女をこんな野生に甦らせたのか、六七年前の千花子と思ひくらべて、彼は不思議でならなかつた。なぜあの頃結婚しておかなかつたのかとさへ思つた。

「なぜあの頃結婚しておかなかつたのか」の「あの頃」とは、おそらく「彼」の心中の誘いにうなずいて、無心に目を閉じて合掌する千花子の姿を見た頃の謂いだろう。「結婚」は、人間を遠ざけ、動物の美と生命を慰めにして生きていこうとする「彼」の生き方に明らかに反しており、それまでの生き方の否定以外のものではない。「虚無のありがたさ」を体現する千花子となら結婚してもよいとする思いが萌したのであろう。が、特定の女性と永続的・固定的な関係を結ぶことで自己を束縛するのを恐れて、結局は結婚を断念したのだと考えられる。その「彼」が、「肉体の野蛮な頽廃」を湛えた千花子の舞踊姿を見るに及んで、かつての選択を悔いる思いにとらわれたのである。千花子が出産して、舞踊から精彩が失われたのを咎めていることなどを考慮すれば、結婚して自分がパトロンとなって舞踊家として育てるべきだったと悔いる思いに駆られたのだと考えられる。

もし右に述べたようないきさつだとすれば、踊る千花子の姿もさることながら、人間に背を向けた「彼」に結婚を真剣に考えさせた十年前の千花子の合掌する姿こそが重要な意味をもつことになる。


彼は十年近く前、千花子と心中しようとしたことがあつたのだ。その頃、彼は死にたい死にたいと口癖にしてゐたほどだから、なにも死なねばならぬわけはなかつたのだつた。いつまでも独身で動物と暮してゐる、さういふ生活に浮ぶ泡沫の花に似た思ひに過ぎなかつた。だから、この世の希望は誰かがよそから持つて来てくれるといふ風に、ぼんやり人まかせで、まだこれでは生きてゐるとは言へないやうな千花子は、死の相手によいかとも感じられた。果して千花子は、自分のしてゐることの意味を知らぬ例の顔つきで、たわいなくうなづくと、ただ一つの註文を出した。

「裾をばたばたさせるつていふから、足をしつかり縛つてね。」

（中略）

彼女は彼に背を向けて寝ると、無心に目を閉ぢ、少し首を伸ばした。それから合掌した。彼は稲妻のやうに、虚無のありがたさに打たれた。

「ああ、死ぬんぢやない。」

彼は勿論、殺す気も死ぬ気もなかつた。千花子は本気であつたか、戯れ心であつたかは分らぬ。そのどちらでもないやうな顔をしてゐた。真夏の午後であつた。

しかし彼はなにかひどく驚いて、それから後は自殺を夢にも思はず、また口にもしなくなつた。たとひどのやうなことがあらうと、この女をありがたく思ひつづけねばならないと、その時心の底に響いたのだつた。

踊の化粧を若い男にさせてゐる千花子が、彼女のその昔の合掌の顔を、彼に思ひ出させたのである。さつきも、自動車に乗ると直ぐ浮んだ白日夢は、これであつた。たとひ夜でもあの千花子を思ひ出す度に、真夏の白日の眩しさにつつまれてゐるやうな錯覚を感じるのだつた。

三好行雄は、合掌して従容として死に就こうとする千花子に関して、「かれが感動したのは、まさに死のうとする人間の美しさではなく、死にむかつて自己を放下した人間の美しさである。諦念でも断念でもない、はじめから自分を無の位相にただよわせた放棄の姿勢である」と述べている。千花子は、「彼」が嫌悪する「我」から完全に解放された少女だったようだ。仏とは、悟りを得た人、つまりあらゆる存在が実体をもたぬ空無な存在であると認識し、すべての執着を断ち切った人の謂いだが、「彼」の目には、自己の生命に対する執着を示さない、合掌する千花子が仏に等しい姿として映じたのである。「たとひ夜でもあの千花子を思ひ出す度に、真夏の白日の眩しさにつつまれてゐるやうな錯覚を感じる」ゆえんである。片山倫太郎は、千花子の姿から受けた「彼」の感動について、「その感動が〈彼〉の生の支えとなるべきほどのものであり、また、実際にそうなった」[*6]と指摘しているが、同感である。

前に述べたように、動物もまた、自己についての意識をもたない。千花子と心中しようとした当時の「彼」は、「死にたい死にたいと口癖にしてゐた」が、合掌する千花子に接した後は、「自殺を夢にも思はず、また口にもしなくなつた」。結局、千花子との結婚を断念したとはいえ、「我」をもたない動物たちの可憐な姿態の背後に、仏さながらの千花子の像を二重写しに見ていたはずである。鶴田欣也は、末尾の場面で、「生れて初めて化粧したる顔、花嫁の如し」の句を想起する「彼」に関して、「『禽獣』の最後で主人公は理想的な花嫁を得たと云ったら云い過ぎであろうか。この花嫁は時間の侵蝕の心配もいらなければ、主人公の註文通り薄情の点も安心である」と、卓越した指摘を行っている。だが、もっと以前、心中しようとして千花子が仏のような表情を浮かべるのを見たときから、「彼」は「花嫁」を迎えていたと考えるべきである。言うまでもなく、千花子である。「我」をもたない動物は千花子の形代なのであって、動物と暮らすことは千花子の面影を胸に秘めて暮らすことを意味していた。千花子の面影と二重写しにされることで、動物は彼の家族に、彼の妻になりえたわけである。以来、「自殺を夢にも思は」なかったゆえんである。

だが、その後の千花子は、男たちとの愛の葛藤をくぐり抜け、みずからの子までなした体験を経て、「我」に執着する凡庸な女性と化してしまった。肉体の衰えとともに、その舞踊からも、「野蛮な頽廃」の美が失われた。

千花子の舞踊を見に行く途中の車中で、合掌する千花子の白日夢に見入っていたのは、無残に変わり果てた現在の千花子を目にしたくないという思いゆえであろう。先に菊戴が千花子の形代だと述べたが、小鳥の足を口に含んで損なわれた箇所を癒そうとする行為は、千花子の舞踊にもとの美しさを回復させようとしてのことでもあっただろう。

次の引用は、「禽獣」末尾の箇所である。


その夜の舞踊会は或る新聞社の催しで、十四五人の女流舞踊家の競演のやうなものであつた。彼は千花子の舞台を二年振りくらゐで見るのだつたが、彼女の踊の堕落に目をそむけた。野蛮な力の名残は、もう俗悪な媚態に過ぎなかつた。踊の基礎の形も、彼女の肉体の張りと共に、もうすつかり崩れてしまつてゐた。

運転手にああ言はれても、葬式には出会つたし、家には菊戴の死体があるし、縁起が悪からうといふのをいい口実にして、花籠は小女に楽屋へ届けさせたのだつたが、彼女は是非会ひたいとのこと、今の踊を見ては、ゆつくり話すのもつらく、それならば休憩時間にまぎれてと、楽屋へ行つたが、その入口で彼は立ちすくむより早く体を扉に隠した。

千花子は若い男に化粧をさせてゐるところだつた。

静かに目を閉ぢ、こころもち上向いて首を伸ばし、自分を相手へ任せ切つた風に、じつと動かない真白な顔は、まだ唇や眉や瞼が描いてないので、命のない人形のやうに見えた。まるで死顔のやうに見えた。

（中略）

踊の化粧を若い男にさせてゐる千花子が、彼女のその昔の合掌の顔を、彼に思ひ出させたのである。（中略）

「それにしても、なぜ自分は咄嗟に扉の陰へ隠れたのかしら。」と呟きながら廊下を引き返して来ると、親しげに挨拶した男があつた。誰だかしばらく分らないでゐるのに、その男はひどく興奮して、

「やつぱりいいですね。かうして大勢踊らせると、やつぱり千花子のいいのがはつきりしますね。」

「ああ。」と、彼は思ひ出した。千花子の亭主の伴奏弾きだつた。

「この頃はどうです。」

「いや、一度御挨拶に上らうと思つて。実は去年の暮にあいつと離婚したんですが、やつぱり千花子の踊は抜群ですね。いいですなあ。」

彼は自分もなにか甘いものを見つけなければと、なぜだか胸苦しくあわてた。すると、一つの文句が浮んで来た。

ちやうど彼は、十六で死んだ少女の遺稿集を懐に持つてゐた。少年少女の文章を読むこと

が、この頃の彼はなにより楽しかつた。十六の少女の母は、死顔を化粧してやつたらしく、娘の死の日の日記の終りに書いてゐる、その文句は、

「生れて初めて化粧したる顔、花嫁の如し。」

千花子の離婚した夫が、千花子の踊りを賞めるのは、現在の舞踊の上に、過去の千花子の像――それは彼と幸福な結婚生活を送っている頃の千花子の像でもある――を重ね合わせることで、千花子の舞踊の堕落と結婚の破綻という無惨な現在から目を背けようとする自己欺瞞ゆえのことであろう。

「彼」が自分も「見つけなければ」と「あわてた」、「なにか甘いもの」とは、〈無常〉に抵抗して、時を巻き戻す工夫の謂いである。あるいは、現在の千花子を束縛する、あさましい我執を葬り去る手だてのことである。「彼」はどのような「甘いもの」を見つけたか？　十六歳で死んだという少女と千花子を同一化して、千花子を死者に変えることである。

合掌して瞑目する千花子も、たしかに「我」とは無縁であったが、その後の千花子があまりに生臭い我執を生きてしまったために、ただ合掌するというだけでは、仏のイメージに揺らぎが生じてしまうのであろう。来る途中で弔いに出会ったとき、運転手は「縁起がいいんですよ。これほどいいことはないつて言ふんですよ」と言っていたが、確かに死者は、「仏」と呼ばれるように、私たちを苛む現世の執着を超越した存在である。偶然に目にした千花子の化粧の顔が死者を思わ

せるものだったことに触発されて、遺稿集の少女と同様、十六歳で死んだものと考え、あの白日夢の像を死者のイメージに変換しようとしているのである。[*7]その後の汚辱にまみれた生を抹消することで、あの日の神聖な記憶を守り抜こうとしているのであろう。三好行雄の計算によれば、「彼」が合掌する千花子の姿に接したのも、彼女が十六歳のときのことであった。

「彼」が菊戴の死骸を一週間も押し入れのなかに突っ込んだままにしていたのは、無意識裡に千花子の死を望んでいたことを示しているだろう。現在の汚辱から過去の尊い記憶を守るためには、千花子に死んでもらうのが一番望ましいと無意識の次元で考えていたからこそ、後生大事に死骸を取っておいたのである。末尾の「彼」の反応は、菊戴を生かすのに失敗したあたりから、すでに準備されていたと考えるべきである。

「彼」が死顔を思わせる千花子の化粧した顔を目にしたとき、思わず扉に身を隠そうとしたのは、新たに手に入れた死者の像を損なうまいとしてのことである。「彼」は、千花子を死者たらしめ続けるために、今後二度と会わない決意を固めたはずである。

「禽獣」の冒頭部、日比谷公会堂に向かう「彼」のタクシーは、「葬ひの自動車」の列に紛れ込むことになるが、そのとき、「芝居の舞台で見る、重罪人を運ぶための唐丸籠、あれの二三倍も大きい鳥籠が、もう老朽のトラックに乗つてゐ」るのを目にする。籠は「放鳥の籠」とも呼ばれている。『広辞苑』によれば、「放鳥」とは、「放生会・葬儀などの時、功徳のために、捕らえておいた鳥を放ちやること」と説明されている。葬儀の車に出くわしたことが、記憶のなかの千花子を死者と化すという終局を暗示していることは言うまでもない。とすれば、「放鳥の籠」も、やはり「彼」のその後の行動を示唆していると理解すべきであろう。右に見たように、「彼」は、菊戴などの動物に千花子の面影を重ねていたのだが、今後は千花子は動物ではなく、死者と同化されることになった。動物は用済みになったわけで、愛玩動物を身の回りに置く生活を精算し、死者の記憶だけを抱えて生きていくという、まことに荒涼とした生活が以後の「彼」を待ち受けていると考えるべきであろう。今後は、動物に代わって死者が「彼」の「花嫁」になるわけである。

三

佐伯彰一は、「作者は、『彼』の我がままな甘ったれや、無責任な聯想を、『視点人物』という当初の設定にもたれかかって、いわばそのままに描きっ放しにしている。つまり、描くばかりで一人の作中人物として、裁いていない。いや、裁くという言葉が強すぎれば、作者としての判断といいかえてもよいだろう。『彼』と作者との距離がひどく曖昧なままで、投げ出されている、と言いたいのである」[*8]と述べている。最初に確認したように、「彼」は自覚的な信条と矛盾する因子を抱えた存在として描かれていた。「彼」自身は現在の生活を破綻に導きかねない因子を抱えながら、そのことを認識できていなかったが、作者ははっきりと主人公の矛盾を対象化している。破綻の結果、「彼」は、おぞましくも死者のイメージを後生大事に胸に潜めながら生きていくことになった。「禽獣」の作者が主人公を「裁いてい」るのは明らかである。「禽獣」とは、「彼」の玩弄する動物たちを意味するとともに、馬場重行も指摘するように[*9]、「彼」当人のことでもあるだろう。「我」にしろ肉親への情義の絆にせよ、また〈無常〉に苛まれて苦しまねばならないことにせよ、それがいかに醜く悲惨なものであるとしても、人間の生存の条件であり、私たちはそれを引き受けて生きるしかない。それを回避しようとするゆえに、生身の人間を動物や死者と同一化させるような常軌を逸した、異様な世界を生きざるをえなくなるのである。人間に固有の条件を回避しようとするゆえに、〈禽獣〉と化さざるをえないのである。

第三章

変幻する『雪国』――メタファーと写像

一

『雪国』（昭10・1〜23・10）は、物語内容を正確に把握することの困難な作品である。島村に焦点化されたパースペクティヴがほぼ貫かれ、読者は彼に導かれて、駒子や葉子の住む世界に接することになる。が、島村ほど情報の媒介者として不適当な人間もいない。なにしろ彼は、人生の営みをなべて「徒労」と見なす虚無の思念を抱え、駒子たちの生きる世界の実相に分け入ろうとする意志を持たない人物である。駒子・葉子・行男のあいだに三角関係めいたものが見え隠れしているが、肝心の島村に穿鑿の意志が欠けているために、読者が真相に近づくことも困難になる。旅人の立場から逸脱することをみずからに禁じ、現実の生臭さから背を向けているかのような島村の態度のために、読者はぼんやりとした霧を隔てて物語世界の事実を眺めることを余儀なくされる。

読者が強いられるこのような位置は、島村が舞踊に対して身を置く位置に似たところがある。「無為徒食」の生活を送る島村は西洋舞踊の研究に携わっているが、その実情はむしろ幻影と戯れるていのものである。「研究とは名づけても勝手気儘な想像で、舞踊家の生きた肉体が踊る芸術を鑑賞するのではなく、西洋の言葉や写真から浮ぶ彼自身の空想が踊る幻影を鑑賞してゐるのだつた」と説明されている。『雪国』の読者に与えられるのも、駒子たちの実像というより「踊る幻影」に近いものと言えるだろう。

『雪国』は物語世界をあいまいな霧で包み込み、そこを幻影の現出する空間と化そうとしているのだが、その主な手だてこそメタファーに他ならない。ただし、本章でメタファーと呼んでいるのは通常の修辞法とはかなり異なる性格のものなので、まずその説明から始めなければならない。

ジョージ・レイコフは、マーク・ジョンソンとともに著した『レトリックと人生』の中で、「メタファーの本質は、ある事柄を他の事柄を通して理解し、経験することである」[*1]と述べている。たとえば、「議論を戦わせる」や「彼は私の議論の弱点をことごとく攻撃した」などの表現に端的に示されているように、「議論」に関する理解は、「戦争」の概念をモデルにして構築されている。人々は、「戦争」の特性、たとえば、「敵味方に分かれて勝敗を決する」こと、相手の「立脚点（＝陣地）を攻撃し、自分のそれを守る」こと、「戦略をたて、実行に移す」ことなどを、議論にもそのまま当てはめている。「議論」の概念に「戦争」の概念を「写像」しているのである。

レイコフらが検討しているメタファーは、思考過程を規定するほど人々の精神に浸透し、慣習化したものであり、その点で『雪国』のメタファーとは明らかに異質である。だが、駒子や島村を理解するとき、読者は、彼らと何かと共通点・類似点をもった葉子や行男を「写像」して受け取っているのである。葉子や行男の人物像を構成する特性や彼らにまつわる事実が、駒子や島村に重ねられ転移される。その結果、駒子や島村についての読者の理解が変容をこうむる。「写像」がもたらす新たな理解は、その直接的な対応物を字義通りに解された物語言説のなかに見出すことは困難であり、それゆえ「幻影」と呼ぶにふさわしいものとなる。詳しい分析は次節以下に譲らなければならないが、『雪国』の読者が促される「写像」の操作も、レイコフらの例と異なるものではない。[*2]

二

駒子と葉子について、川崎寿彦は、「葉子は、駒子の人格《パーソナリティ》の内包する対極性の一半を代表する分身――人格の一半がなんらかの深い心理的・倫理的必然性によって分離して形成された種類の分身《ドッペルゲンガー》ではないか」[*3]と述べている。このように葉子を、二面性を持つ駒子の人物像の一面だけを担う人物と見る解釈や、駒子を純化した存在とする見解は少なくない。たとえば、橘正典は、駒子を「不浄（穢れ）を内包する清潔さ」と把握し、葉子の方を「完璧な浄の価値を付与された存在」[*4]と捉えている。辻本千鶴も、「同じように没我的・非功利的な愛を体現しながらも、駒子から生活という夾雑物を捨象した存在が葉子である」[*5]と指摘している。三者の指摘は、それぞれにもっともであるが、なぜ駒子は「対極性」、すなわち相反する側面を同時に体現しているのか。なぜ駒子の一面だけを受け継いでいるのかに関する説明がなされていない。その点が説明されなければ、充分な議論とは言えないだろう。

葉子について一部に指摘がありながら、いまだ共通の了解事項になっていないと思われるのは、彼女が精神に変調を抱えた女性だという事実である。彼女が島村および読者の前にまったき姿を現すのは、ようやく作品の後半になってからだが、島村と会話を交わす彼女の受け答えは年齢相応のものとは思えない。


「君はそんな、男の人と行つてこはくはないのかい。」

「どうしてですか。」

「君が東京でさしづめ落ちつく先きとか、なにをしたいとかいふことくらゐきまつてないと危いぢやないか。」

「女一人くらゐどうにでもなりますわ。」と、葉子は言葉尻が美しく吊り上るやうに言つて、島村を見つめたまま、

「女中に使つていただけませんの?」

「なあんだ、女中にか?」

「女中はいやなんです。」

「この前東京にゐた時は、なにをしてたんだ。」

「看護婦です。」

「病院か学校に入つてたの。」

「いいえ、ただなりたいと思つただけですわ。」

島村はまた汽車のなかで師匠の息子を介抱してゐた葉子の姿を思ひ出して、あの真剣さの

うちには葉子の志望も現はれてゐたのかと微笑まれた。

「それぢや今度も看護婦の勉強がしたいんだね。」

「看護婦にはもうなりません。」

「そんな根なしぢやいけないね。」

「あら、根なんて、いやだわ。」と、葉子は弾き返すやうに笑つた。

その笑ひ声も悲しいほど高く澄んでゐるので、白痴じみては聞えなかつた。


論証内容の重要性に鑑みて、中略をはさまず長い引用をあえてした。「女中に使つていただけませんの?」と問いかけておいて、「なあんだ、女中にか?」の島村の言葉に、「女中はいやなんです」と、前言を翻すのは奇妙である。東京にいた頃は看護婦をしていたと言いながら、「病院か学校に入つていたの」と問われると、「いいえ、ただなりたいと思つただけですわ」と答えるのも、子どもじみている。最も注目されるのは、彼女の声について、「悲しいほど高く澄んでゐるので、白痴じみては聞えなかつた」と語られる末尾の箇所である。「白痴じみて」云々は、島村もしくは語り手がすでに「白痴」と認定していることを意味している。葉子は旅館の手伝いに雇われているくらいだから、重度の知的障害を指した「白痴」の語を用いるのは適切ではない。むしろ最も軽度なケースと考えるべきだろう。解説書では、この段階では外見上顕著な特徴は見られず、「個性の差も出てきて、質的に多様化するが、反面感情は複雑さを増したことと関連してか不安定ぎみになる。（中略）劣等感の反面自己の過大評価もあり、他人の言を信じやすく、だまされやすい反面、ひがみ、疑い深さ、等の反応もあらわれる。ヒステリー様反応がしばしば見られる」[*6]と説明されている。この場面の葉子の言動に当てはまるものが多い。最後の「ヒステリー様反応」云々も、「葉子の目頭に涙が溢れて来ると、畳に落ちてゐた小さい蛾を摑んで泣きじやくりながら、〔原文改行〕『駒ちやんは私が気ちがひになると言ふんです。』と、ふつと部屋を出て行つてしまつた」と描かれている挙動と符合する。

　初出「手鞠歌」（昭12・5）の冒頭に、「葉子は声の美しい娘で、偏執狂じみた危険なところがある」という一節があった。これを根拠にすれば、パラノイアを患っていると考えることもできなくはない。が、この病気は、一般に中年以降に発症するもので、葉子に当てはまるとは考えにくい。知的障害の人々に頻繁に見られる症候の一つに、ものごとに「固執」する傾向がある。「思いこむと頑固で説得し難く、時に強迫現象ないし妄想に類したものにまで発展することがある」と説明されている。「偏執狂じみた」云々は、このような特徴を指すものであろう。

　葉子の人物像を考えるとき、もう一つ見逃せないのは、駒子を模倣しようとする傾向が見えることである。瀕死の行男が呼んでいるのを知ったときの駒子の反応などから判断すれば、彼女が行男を愛していることは間違いない。その駒子の欲望を模倣するかのように、葉子は同じ男性に愛を捧げている。軽度の知的障害に悩んでいるものの、美貌に恵まれた葉子は、駒子を先行者と認め、彼女を模倣することで成長を遂げようとしているのではないか。「子供が母親に縋りつくみたいに、駒子の肩を擱んで」云々の表現もあるように、弟以外に身よりのない葉子は、自己形成のモデルとして駒子を選んだのだろう。葉子がいつも見せる「真剣過ぎる素振り」も、ひたむきな駒子の一面を受け継ぎ、極端化したものであろう。知的障害に関して先に挙げた「固執」の強さは、「転換のきかない硬さ」、「人格内の流動性欠乏」などとも説明されている。ひたむきさ、一途さを共有しながら、駒子にある柔軟性を欠いているのもそれゆえであろう。逆にいえば、駒子の一面を駒子以上に純化して具現していることになる。

ジラールは、「欲望する主体は手本《モデル》にたいして、最も従順な敬意と最も強烈な恨みという二つの相反するものの結合によって作りだされた胸をひきさくばかりの悲痛な感情を抱く[*7]」と述べている。媒介者が主体と同一の圏内にあって、両者が同じ対象を欲望するとき、ジラールの述べているような、アンビヴァレントな感情が生じるのは容易に推測できる。一方で、駒子を「母親」のように信頼するようでありながら、他方で、強烈な憎悪か嫉妬を抱いているらしい葉子の感情も、このようなものと解釈すれば理解しやすい。

羽鳥徹哉は、駒子が行男の療養費をつくるために芸者になったことについて、「男のために身を売ることとは、その男への痛烈な愛でありながら、同時にそれは男への裏切りである。彼女は、男と結婚し世帯を持つという、最高の夢をあきらめなくてはならない[*8]」と述べて、駒子の秘められた行男への愛と断念を指摘している。境遇ゆえに早くから花柳界に身を置くなどしてきた駒子は、そのことに負い目を感じて、行男への愛の実現を断念したのだと考えられる。わが身の境涯を顧みる駒子の自意識は、彼女の愛情を屈折した、不透明なものに変えているが、葉子の場合にはその種の屈折や不透明さを免れている。知的障害ゆえに、深刻な自意識的葛藤に煩わされない葉子は、同じ男性への感情を先行者から受け継ぎながら、愛情の純粋な体現者たりえている。

葉子が駒子を純化している点として、もう一つ愛情の無償性がある。彼女は治癒の見込みのない病人を献身的に看護し、彼の死後は「外の病人を世話することも、外の人の墓に参ることも」ないと言う。寺田透は、「徒労という点で、葉子は駒子の数等上なのだ。気が違ふしかないほどかの女は徒労のために真剣な娘だつた」[*9]というが、むしろ逆であって、精神発達の遅れゆえに、現実的な利害関係を無視したかのような愛情に身をゆだねることができるのだろう。「転換のきかない硬さ」が知的障害の傾向の一つとして挙げられていたが、駒子を模倣して内面化した愛の流儀を、一徹に守り通しているのである。

ところで、島村は独自な美意識の所有者として登場しているが、それは彼の否定的な人生観と密接につながるものである。生を「徒労」と観ずる目で対象を眺めることで、生活につながる功利性の脈絡を断ち切って、対象を純化するというのが彼の基本的な姿勢である。あらゆる生の営みが、やがては無に帰してしまう「徒労」なものでしかないと認識すれば、だれも対象を生活的・功利的な文脈で眺めようとはしないであろう。虚無の思念は、美を享受するうえで障害になる利害への関心を拭い去る役割を果たしている。[*10]

もっとも、駒子の場合は、もともと功利的な打算とは縁遠い存在であった。彼女の「清潔」さは、容姿の印象であるとともに、利害を超越したひたむきな生き方そのものに関わるものであろう。生活にまつわる夾雑物の介入を厭う、気むずかしい美意識の所有者島村を引きつける最大の理由も、そのような「清潔」さにこそあったはずである。

だが、その「清潔」さは、生活との困難な格闘を通して維持されたものである。彼女のような境遇にあって、頽廃の汚れにも、打算の卑しさにも染められずに純潔な生を貫くためには、「強い意志の努力」が必要になる。駒子が「清潔」さとともに、それと相いれないかに見える「野性的」なたくましさや「動物」的なまでのエネルギーの所有者でもあるのはそのためである。澄みあがった涼しい美しさは、その内側に人生に対する真摯な思いに裏打ちされた熱い情熱をたぎらせていた。

が、だとすれば、それは実に危うい均衡の産物だと言わざるをえない。時の経過と生活の重圧は彼女の精神と肉体に隠微な影を投げ掛けずにはおかない。生活との格闘の結果は、二十一歳の駒子には肉体的なたくましさとして現れているが、やがては疲労や衰弱をもたらし、精神の上にもそれに対応する事態が生ずるのは避けられないであろう。実際、島村が訪問を重ねるごとに、駒子がいわゆる玄人臭さを濃く漂わせる女性に変貌しているのはだれの目にも明らかである。彼女の語る言葉も、どこか生活臭を感じさせる話題が多くなっているように見受けられる。生身の肉体を備え、決して「贅沢な気持」では生きられない境遇に置かれている以上、いたしかたのない変化である。

しかし、残酷なことだが、生活にからめとられていくこのような存在が島村の美意識に満足を与えないことも否定できない。そこに駒子以上に駒子的な存在として葉子が登場しなければならない必然性がある。知的障害のゆえにかえって駒子の本質を純化して体現する存在が葉子であった。彼女は島村の美意識にとってノイズになりかねない一面を駒子から拭い去った人物なのである。

構成面でも、読者が葉子を駒子に重ねて受け取るように周到な配慮が払われている。冒頭の場面で、夕景色の鏡に葉子の映像が浮かぶのは、島村が駒子の記憶のまつわる指をもてあそんでいたときであった。島村が駒子の家を訪れてみると、そこで葉子に出会うなど、以後も葉子は駒子の周囲に絶えず姿を現し、両者の接近連合は強化され続ける。「詩においては、換喩はすべていくらか隠喩的であり、隠喩はすべていくらか換喩的色彩を帯びている」[*11]とヤコブソンが指摘するように、隣接性で結ばれた駒子と葉子は、おのずと同一化され、両者の印象は重ね合わされる。

かくして、駒子から読者が受け取る印象は、冒頭で鮮烈に示された葉子の映像を光の暈のようにまとわせたものになる。葉子をメタファーとして駒子が受けとめられるとき、駒子の精神と肉体が抱え込まざるをえない不純物が拭いとられて、「清潔」さに代表される澄みあがった美しさがいやましに高められる。レイコフとジョンソンは、「メタファーから成る概念はある概念のある側面(たとえば、議論のもつ戦闘的側面)にわれわれの注意を集中させてしまうことによって、そのメタファーとは一致しない他の側面にわれわれの注意が向かないようにしてしまう」と述べているが、葉子のイメージが駒子に写像されるときにも、類似した事態が生じる。二人に共通する涼しい美しさと純潔な愛情が前景化されて、駒子だけが持ったくましさや野性的な一面は後景に退いて見えなくされる。

もっとも、読者が葉子の精神が抱えた不幸な実情に気づいて、それを写像するときには、駒子の生は全く別の様相を帯びて現れてくる。決して生やさしくない境遇と戦いながら、潔癖な生き方を貫き通そうとすることは、言うまでもなく極度に張りつめた精神の緊張の持続を要求する。実際、駒子自身が、「気ちがひになるのかと心配だつたわ。なにか一生懸命に思ひつめてるんだけれど、なにを思ひつめてるか、自分によく分らないの。怖いでせう。(中略)畳へね、縫針を突き刺したり抜いたり、そんなことといつまでもしてるのよ、暑い日中にさ」と語っていた。葉子が患っているのは、知性発達の障害であって、精神の病ではない。両者を同一視することはできないが、駒子が何度か葉子を「気ちがひ」と呼んでいることもあって、葉子に関する読者の印象は精神の変調として一般化されてしまう。これが駒子に写像されると、島村と駒子の物語は、旅人と狂女の恋という凄絶な絵柄を映し出すことになる。*12

三

行男に関しては、まずその名前に注目すべきだろう。駒子が島村を「行つちやふ人」と呼んでいるように、旅人島村もまた行く男、〈行男〉に他ならない。異なるのは、島村が国境の向こうへ行ってしまうのに対して、行男がこの世の向こう側に旅立つところだけである。〈行く男〉である男たちは、女たちの愛情に報いるすべを持たないが、にもかかわらず女たちは彼らにひたむきな愛情を捧げようとしている。とりわけ葉子が信じがたいまでに純化された愛情を体現していることは先に述べたとおりである。島村への駒子の愛は、葉子の行男に対する愛情をメタファーとして読まれることで、その純度をいやましに高めるような仕組になっている。その意味で葉子と行男の両者は、セットになって駒子と島村のメタファーとして機能している。

もっとも、島村と行男の関係だけをとっても、行男はやはりメタファーである。二度目に雪国を訪れた島村が汽車を降りたとき、駒子も駅に来合わせていたが、彼女が迎えに出ていたのは、島村ではなく、行男であった。その日、駒子が島村に容易にからだを許そうとしなかったのも、行男のことが念頭にあったからに違いない。

とはいえ、行男への思いを断念せざるをえなかった駒子にとって、島村は本気で愛することのできる唯一の人であり、鶴田欣也が適切に指摘したように、行男の「代理」*13をつとめることのできる男だった。芸者と客の間柄でしかない彼とのあいだでは、現実的な形で関係を発展させることは期待しにくいともいえるが、そのことがかえって行男へのこだわりから駒子を解き放ち、かなえることのできなかった思いを注がせることになったのかもしれない。少なくとも、島村に対する駒子の惜しげもない愛情は、行男への思いの断念を前提にしていることは疑いない。

このように島村が行男と等価な存在だとすれば、駒子の眼に映る島村がその面差しの上に死者行男の影を二重写しのように重ねていたとしても不思議ではない。島村が三度目に訪れる雪国の風物は死の影を濃く漂わせているが[*14]、実は島村こそ死を引きずる男だったのである。島村は行男のよみがえり、あの世から帰還した行男に他ならない。念入りにも、「駒子がせつなく迫つて来ればば来るほど、島村は自分が生きてゐないかのやうな苛責がつのつた」という一節まである。

昭和十二年一月に発表された「初雪」という作品がある。主人公功太は、山深い温泉町に一人の娘を訪ねた。死んだ友人の手塚が愛して関係をもった女性で、手塚の両親から依頼されて、どんな娘かを見届けに来たのだった。娘は、功太が手塚と同じ大学の学生で、似た登山服をまとっているというだけで、功太と手塚の区別を忘れたかのような親しみを見せた。功太も娘に惹かれる気持ちを制しかねたが、他方では、自身を「手塚の幽霊」であるかのように感じて、「ぞっとした」。——手塚と功太の関係が、行男と島村に対応しているのは明らかである。

読者が行男をメタファーとして島村を眺めることは、行男の亡霊と戯れる駒子を見ることでもある。『雪国』は、幸田露伴の「対髑髏」（明23・1、2）や泉鏡花の「龍潭譚」（明29・11）などの作品、またはるかに能の世界[*15]とも響きあう凄絶な幻影を織り上げている。

冒頭の車中の場面で、葉子は行男をまめまめしく看護していたが、メタファーと写像という観点から注目すべきは、この場面の葉子が「幼い母ぶり」と形容される母性を横溢させていることである。というのも、駒子と島村のあいだでも、相似た情景が再演されているからである。

こればかりの酒で酔ふはずはないのに、表を歩いて体が冷えてゐたせゐか、急に胸が悪くなつて頭へ来た。顔の青ざめるのが自分に分かるやうで、目をつぶつて横たはると、駒子はあわてて介抱し出したが、やがて島村は女の熱いからだにすつかり幼く安心してしまつた。

行男を看護する葉子の姿もメタファーであって、これを駒子と島村に写像すれば、島村の深層の動機があぶり出される。しばしば指摘されることであるが、島村は母性を求めて雪国を訪れていたのである。これも、鶴田欣也に指摘があるが、駒子の、何の見返りも期待しない愛情は、母親が子どもに注ぐ愛情に似たものと言えるだろう。島村は、駒子の濁りのない愛情に包まれて、幼子のように安心し温かく癒されることを求めていたのである。

ところで、周知のように、昭和十二年に刊行された創元社版の『雪国』には、末尾の火事の場面は書かれていなかった。これについて、川端は、「始めと終りとの照応が悪」く、「絶えず心がかりであつた」（昭和23年12月刊・創元社版『雪国』あとがき）と述べている。「始め」とは、「夕景色の鏡」の場面と考えられるが、火事の場面を書き入れることで、それとの「照応」が整うというのは、どういう意味であろうか。

これに関して、「「雪国」について」（「一木一草」昭43・12）で、川端自身が、「『夜の底の白い』雪国にはいるところからはじまり、雪のなかの火事場で天の河を見上げるところで終る、この首尾照応の構図は、書き出す前に考へついてゐたものでした」と述べている。しかし、この説明によっても、何と何とが「首尾照応」しているかは一向に明瞭にされていないのではあるまいか。私見によれば、「首尾照応」しているのは、冒頭の、夕景色の鏡に映った葉子の映像と、末尾の、同じ葉子が火事に遭って転落するという出来事である。両者は同じメッセージを、一方は視覚的映像で、他方は具体的な出来事で表すという形で、「照応」しているのである。

火事の場面で、葉子は繭倉の二階から転落して死ぬ。少なくとも、死んだ印象を与えているが、これもメタファーである。建造物を破壊し焼き尽す火事ほど、〈無常〉をまざまざと感じさせるものはない。天空に時を超越した天の川が掛かり、地上では火事の炎が猛威をたくましくしているという構図に徴すれば、火事は時の力、〈無常〉の破壊力の象徴だと考えるべきである。そうすると、葉子は時の破壊力の餌食となって死んだという捉え方が可能になる。これをそのまま駒子に写像すればいい。島村が最初に会ったときの駒子は初々しい魅力を横溢させていたが、芸者稼業が身に着いた後の方の駒子を見れば、だれしも時の威力を感じざるをえないだろう。今後も、時は猛威をふるい続け、駒子の若々しい肉体に疲労と衰弱を刻みつけることだろう。現在は潜在化している狂気が彼女の精神をむしばむ事態も考えられなくもない。

葉子の遭難は、駒子を苛む時の破壊力を表現するものであり、〈無常〉の風に曝らされた駒子が、無力で、はかない存在でしかないことを示すメタファーであった。夕景色の鏡の像も同じメッセージを映像を通して表している。流れ去る晩秋の風景を背景にして頼りなげにぼんやりと浮かんでいた葉子の鏡像も、駒子の美が、つかまの間燃え上がっては、やがて闇に消える幻影のごときものであることを表している。それは、駒子のみならず、あらゆる女性の美と生命が、悠久の自然を背景に置けば、はかない幻のごときものにすぎぬことを示すメタファーである。

『雪国』では、生臭い葛藤をはらんだ現実は水面下に押し沈められている。先に駒子が内に抱えた狂気に触れたが、これは、逆境に抗して潔癖な生を貫こうとすることが抱え込まざるをえない暗部である。それを正面から見据えることは、「非現実」の美に執着しがちな島村の堪えうるところではなかったと思われる。また、作品が定着しようとする印象にとっても、致命的な結果を招きかねない。駒子が内に押し殺さざるをえなかった行男に対する思いについても、ほぼ同じことが言える。彼女の暗澹たる胸中に深く立ち入ることは、島村にとっても作品にとっても、その美学からの逸脱を意味していたはずである。

もし、『雪国』が駒子の内面に澱む暗さを語らなければ、一篇は甘美なだけのメルヘンに堕してしまったことであろう。一方、あからさまに語れば、美的な印象が損なわれてしまう。事実を暗示的に語り、写像によって幻影化する方法は、こうした二律背反に対処するものである。これによって、最も重く暗い現実がその陰惨さを拭いとられて、冷たい妖気を放つ美に変換されたのである。『雪国』独自の魅力が、メタファーによる写像に深く依存していることが分かる。

第四章

『舞姫』の「魔界」——戦後社会批判

『舞姫』（昭25・12・12〜26・3・31）は、『千羽鶴』（昭24・5〜26・10）や『たんぽぽ』（昭39・6〜43・10）と同様、寓意的な性格の強い作品である。冒頭の波子と竹原の逢い引きを描いたくだりに、マッカーサー司令部の建物が点綴され、末尾の品子の伊豆行きの箇所に、傷痍軍人への言及が挿入されていることに徴しても、敗戦後の社会の一面が問題化されているのではないかという見当がつく。崔順愛《チェスンエ》は、「この作品は、敗戦後の『家族』を中心とする日本社会のある側面を描いている」[*1]と指摘している。『舞姫』は、川端の社会的関心を色濃く反映した作品であり、『山の音』（昭24・9〜29・4）と同様、「『家父長制度』崩壊」（崔）の過程を描いているのは確かである。しかし、この作品で問題化されているのは、その点だけにとどまらない。波子の息子で、矢木の感化を受けた高男が、「家といふものにも、国といふものにも、夢はないんだ」（「山のかなた」）と、「家」と「国」を等置していることにも見てとれるように、波子一家の「家」はそのまま「国」の意味を持たされている。『舞姫』は、波子の家族、とりわけ夫の八木の「家」に対する姿勢を描くことを通して、戦後の日本人の「国」に対する意識と態度を問おうとした作品である。

波子は戦前からバレエに携わり、戦後の現在でもバレエと関わり続けている。彼女と竹原の関係も、戦前にまで遡る「深い過去」をもつ。波子の娘の品子は、バレエ界を引退した香山に秘かな思いを寄せているが、彼女の思慕も、戦時下の体験に根差すものである。『舞姫』は、波子や品子がこうした「深い過去」に対してどのように関わるかを描くことを通して、単にバレエだけにとどまらず、日本の歴史や文化の全体が戦後の人々によっていかに受け継がれていくべきかの問題を問おうとした作品でもある。

本章では、矢木、波子、品子の人物像を分析して、戦後日本社会のどのような側面が批判されているかを明らかにする。最後に、それらの成果に立脚して、この作品で初めて現れる「魔界」が何を意味するかを考える。

一

矢木は戦争中に、「吉野朝の文学」と題する学位論文を提出したが、これは当時の過激な皇国思想の影響下になったものであるらしい。次のような一節がある。

日本の「神」といふ言葉では、矢木も日本の敗戦で、痛い目にあひ、自分のうしろめたい感じがともなつた。「吉野朝の文学」は、今となつては、敗戦の後をかなしむやうな本にもなつたが、無論、皇室を日本の美の伝統に、神と見たものであつた。（「母の子父の子」）

「宮城前へ行くといふと、矢木は子供たちに、体を冷水で清めさせてましたわ」（「皇居の堀」）ともあるので、戦時下の神懸かり的な皇国思想にどっぷりとつかった人物だったのであろう。学者であるゆえに、直接戦争協力を問われるような言動はなかったのであろうが、時代の圧力に屈し、狂信的な国家主義思想に迎合する方向で研究に携わっていたのは間違いない。

その矢木が、戦後は出版社に請われて教科書に文章を掲載するほどの時の人になっている。日本が軍国主義の国から平和憲法をもつ国家へと変貌したのに歩調を合わせるかのように、「日本の戦争文学に現はれた平和思想」（「冬の湖」）という論文を書いてもいる。矢木は敗戦を境として急激に転換した時流の変化に巧みに適応することのできた人物である。

彼が「戦争恐怖症」（「寝覚め目覚め」）であるのは、戦争がかつて狂信的な国家主義に協力した過去の苦い記憶を突きつけるからであろう。戦争を病的に恐れて見せることで、戦後の平和主義の側に帰属する人間であることを示し、側面から戦争遂行に協力した過去を隠蔽しようとしているのであろう。

矢木は、幸田屋という旅館で出版社の編集者と会食しながら、教科書に載せる自分の文章に関して打ち合わせをしている。その際、「いや。ぼくの幼稚な美文は、まだ、採用されると、きまつたわけぢやないから……。ぼくの文章を、とるとらないは別として、日本の国語教科書に、仏像の一つくらゐは、口絵にあつてほしいですね」、「ぼくの文章はとにかく、仏像の口絵はほしいな。日本の美の伝統を見ないで、国語はありませんよ」（「母の子父の子」）と語っている。自分の文章が採用されることよりも、「日本の美の伝統」を後代に伝えることの方を優先しているような口ぶりだが、これも真に受けるには当たらない。幸田屋はノーベル賞を受賞した湯川博士がよく利用した旅館で、わざわざその旅館を指定したのは、教科書に文章を載せるようになった矢木自身が、いわば小型の湯川博士になったと誇る気持ちの表れだろう。この宿の女将は、波子の懇意にしている人で、八木がここを利用したのは、宿代を妻のつけにしておくことができるからでもある。が、旅館に着くなり、息子の高男に、湯川博士のノーベル賞受賞時の会見のことを話題にしているのは、先の推測を裏書きしている。つまり、自分の文章の教科書への掲載に強くこだわっているのだが、それを隠して、「日本の美の伝統」を伝承することの方が重要だと言うのは、戦時中の研究を、国家主義への協力に発するものではなく、伝統への愛ゆえのこととして正当化したいためであろう。そもそも、矢木は「次の戦争を恐れて」、「アメリカか、南アメリカに、渡らうともくろんでゐる」（「山のかなた」）人物である。息子にも、「日本へ帰らなくていい」（同）と申し渡している。日本の伝統を真に愛しているのなら、ありえないことである。

矢木はいつでも日本を捨てる用意のできている無責任な男である。この態度は、家に対しても同じことである。

戦争前、妻の波子の実家が富んでいたために、矢木の収入は当てにされず、波子の実家から提供される金銭で生活をまかなっていた。だが、戦争のあおりで、波子の実家が財産を失い、戦後は物を売って生活費に充てる生活を続けている。にもかかわらず、矢木は相変わらず収入を家に入れず、自分個人の口座に貯蓄しているありさまである。これには父びいきの高男も容認できず、

「うちの暮しが、苦しくなつてゆくのを、お父さまは、見て見ぬふりのやうでせう。それがぼくにはつらいんです」(「山のかなた」)と非難している。

高男の批判に対して、矢木は、「このうちのぜいたくな暮しのなかでも、ぼく一人は、心理的に、貧乏暮しをして来た」と弁解している。ぜいたくさのせいで、困窮するのは当然のことで、もともとぜいたくな生活感覚に反発してきた自分までが付けを払わされるのではたまらない、ということなのであろう。八木は、波子から経済的に庇護されるのは当然と考える一方、没落の運命の道連れにされるのを拒否し、波子と自分の運命を切り離そうとしているかのようである。「二十幾年、波子のもので食つて来たのは、まるで根深い憎しみか、あだ討ちであつたかのやうだ」(同)と、波子は感じている。

笹淵友一は、八木を「宦官的生活者」[*2]と呼んでいるが、矢木の心理を理解するには、彼を男妾と考えるのが最も分かりやすい。旦那の妾にされた女は、旦那から経済的な庇護は受けるが、必ずしも旦那に感謝するわけではない。妾の位置に置かれた屈辱感から、旦那を仇敵とみる見方を潜在させている。旦那に性の快楽を提供する代わりに、旦那からできるだけ多くの経済的利益を引き出し、旦那を食い物にしてやろうという魂胆を抱くに違いない。旦那の家が滅亡の憂き目にあったとしても、運命をともにすることを拒否して、わが一身を救うことばかりに腐心するだろう。

矢木の心理はこの妾そのままである。波子に対する若いころの矢木の屈辱感が次のように描かれている。

貧乏書生上りで、波子と結婚したころ、矢木は女学生も好きな、中宮寺の観音像さへ、ろくに知らなかつたし、弥勒像の京都広隆寺へは、行つたこともなかつた。蕪村の絵を見ないで、蕪村の俳句を学んでゐた。大学の国文学科を出ながら、女学生の波子よりも、日本の教養がなかつた。

「名古屋の徳川家に、源氏物語絵巻が出てますから、見にいらしたらいいわ。」

と、波子は言つて、婆やを呼ぶと、旅費を出させたことがあつた。波子の婆やが会計をやつてゐた。

矢木は恥づかしさ、くやしさが、骨身にしみたものだつた。（「母の子父の子」）

矢木は、このような屈辱感に耐える代わりに、波子の実家から富と快楽をむさぼり尽くそうと決意したのであろう。自分だけが「心理的に」「貧乏暮しをしてきた」と言うが、亡くなった波子の父親の、オルゴールのように鳴る時計を、「お父さまの音がすると、母が惜しがるのを、矢木はねだつて取つた」（「寝覚め目覚め」）とあるように、執拗な貪欲さを発揮している。吝嗇なのは、その富が早く尽きてしまうのを恐れてのことにすぎない。

矢木は二十年以上にわたる夫婦生活で一度も他の女性と関係したことがないという。波子はこれを、「矢木の性格の、異常なしるしではないのか」(「仏界と魔界」)と疑っている。この性的な潔癖も、妾になぞらえて考えれば分かりやすい。妾は性的な奉仕の対価として経済的保護を受けるが、旦那以外の男性との関係は保護の打ち切りにつながりかねない。矢木も、それを知っているゆえに、謹厳実直に身を処したのであろう。そういえば、矢木がまれに見る美男子であるのも、容色を売る妾と通じるところがある。

戦争中から戦後へと、矢木は皇国思想の担い手から戦争を嫌悪する平和主義者へと大きく変貌した。八木を特徴づけているのは、思想や信念における主体意識の欠如である。自己固有の立場や問題意識に固執するよりも、時代の流行思想や権力の歓迎するイデオロギーに適合し受容することに敏感であり、有能でもある。敗戦から戦後の混乱期に多くの人々が境遇の大きな転換を余儀なくされる一方、矢木のように、動乱を巧みに乗り切った人々も少なくなかったであろう。大局的に見れば、国民の多くが、軍国主義一色の時世から戦後民主主義の社会へと、たいした混乱も抵抗もないまま移行したのだから、むしろ矢木型の日本人の方が多かったと言えるかもしれない。

矢木の形象を通して問われているのは、戦後の日本人に、日本の国を支え、国家の命運に責任を持とうとする当事者意識があるのかということであろう。思想や信念における没主体性は、国民としての主体意識の欠如と通底している。国民一人ひとりが国家を支える当事者であるとする意識が稀薄で、自己の思想や信念に合致する方向に社会や国家を導こうという発想をとることがない。お上《かみ》任せの意識を脱却できていないので、国家や社会の問題を自己のものとして切実に考えようともしない。わが身の保身と安泰さえ得られれば、時の権力がどのようなイデオロギーを押しつけてこようと、さして心を煩わすこともない。軍国主義に唯々諾々と従っていた戦時下と、占領軍の指示のもと、民主主義国家の建設にいそしむ戦後とのあいだに、国民の意識に本質的な変化はない。長く存続した封建制度のせいで、国民が国家を支える当事者意識が育まれにくかったという側面や、当時は連合国軍総司令部（ＧＨＱ）による占領状態が続いていたという事情があるにせよ、多くの日本人は、権力に寄生して、わが身の保身をはかっているだけの傍観者であり、いわば妾のようなものではないかというのが、『舞姫』の作者の戦後日本人への批判である。

二

冒頭の「皇居の堀」の章で、竹原と日比谷公園を歩く波子は、堀の水に浮かぶ鯉に目を止める。ただ一尾、「浮かぶでもなく、沈むでもなく、水のなかほどに」「じつとしてゐ」る鯉で、それに見入る波子は、「そんなもの、いつまで見てるんです」、「およしなさい。あなたはそんなもの、目につくのが、いかん」と竹原からたしなめられている。

鯉は、言うまでもなく波子自身のメタファーである。「浮かぶでもなく、沈むでもなく」、たよりなげにじっとしている鯉は、波子の中途半端な立場を表している。彼女の中途半端さは二つの側面に及んでいる。一つは、夫の矢木と竹原との関係を中途半端なまま放置していることであり、もう一つは、バレエとの関わりである。なぜ中途半端なままでいるのか、最終的にどのような方向に向かうのかを検討しなければならない。

矢木が夫としての務めをはたさず、波子を支えてくれないので、波子は自然矢木と結婚する前からつきあいのあった竹原に親しみ、何かにつけ彼を頼りとするようになった。矢木と結婚する以前の竹原との交際がどのような種類のものであったかははっきりしないが、その時分からすでに異性として互いに意識し合う関係だったようだ。元来がそのような関係だったところへ、終戦前後から波子と矢木の夫婦関係が急速に悪化したことが加わり、竹原への波子の思いは単なる思慕といった域を越えて、恋情の性格を色濃くもったものに発展している。

竹原と親しんでいる最中に、波子は突然発作に襲われ、矢木に対する恐怖にとらわれる。冒頭の「皇居の堀」の逢い引きの場面と、「愛する力」の、日本橋の稽古場で、竹原と波子が初めて軽い抱擁を交わした箇所で、発作が起こっている。後の方の発作が起こった日の夜、眠りに就く間際、「竹原とゐて、ふつとおそれた、恐怖の発作は、じつは愛情の発作ではないのか」(同)という考えが波子の胸にひらめいた。波子は、夫以外の異性と関係を結ぶことを禁じる家族主義的道徳観に強く囚われていて、容易にそれから解放されないのである。発作は、波子の竹原への愛情が、その道徳規範と抵触するゆえに、いわば警告のブザーとして生じているのである。家族主義的な道徳規範が「超自我」として介入しているのである。

肉体関係の面でも、波子は古い道徳観に強く拘束されている。


しかし、考へてみると、二十幾年ものあひだ、波子は夫を、あらはにこばんだことが、一度もなかつたやうだ。無論、こちらからあらはにもとめたことは、一度だつてない。なんといふ奇怪なことだらうか。

男と女とのちがひ、夫と妻とのちがひ、おそろしいほどのちがひではないのか。

女のつつしみ、女のはにかみ、女のおとなしさ、どうしやうもない、日本の因習にとざされた、女のしるしなのであらうか。（「寝覚め目覚め」）


夫の要求に応じるのが妻の務めであり、それを拒否すること、あるいは自分の方から積極的に求めることを、そのいずれをも逸脱と感ずる夫本意の規範に波子は強く拘束されている。彼女は、内心で矢木に憎悪すら抱いているのだが、求められるとつい応じてしまう習わしを容易にやめることができないでいる。

その波子が、前に言及した「このうちのぜいたくな暮しのなかでも、ぼく一人は、心理的に、貧乏暮しをして来た」という言葉を通して、八木が根深く抱え込んでいる、二十年以上にわたる劣等感と怨念に接した日の夜、初めて彼を拒むことができた。敗戦後、家族主義の道徳がもはや権威を失っていること、夫が夫としての義務を尽くさない以上、夫に従順に仕える義務はないと理性では分かっていても、無意識の層にまで食いこんだ道徳観の圧力を脱するのは容易でなかった。が、夫が長きにわたって自分を仇敵視していたことを知るに及んで、ようやくそれを脱しえたのである。

波子は戦前からバレエに携わり、何度も舞台に立ち、相当な実績を挙げた前歴をもつ人物である。とりわけ、「仏の手」の踊りは好評で、多くの人々に深い感銘を与えた。マネジャーの沼田は、矢木に、「先生が波子夫人に踊らせた、（仏の手）といふのは、よかつたな。仏像の手の、いろんな表情を、組み合はせた踊りでしたね」（「母の子父の子」）と語っている。波子を崇拝する友子は、品子に、「品子さん、（仏の手）を踊りなさいよ。そして私に、仏を礼拝する、飛鳥乙女を踊らせて……」（「寝覚め目覚め」）と持ちかけている。「仏の手」が後続の世代にも受け継がれるべき規範的な舞台として受けとめられていることが分かる。

その波子が戦争が激しくなったころから舞台から遠ざかり、バレエ・ブームを迎えた戦後も、復活しようとはしていない。沼田から舞台への返り咲きを勧められても、「とんでもない。おけいこ場も、やめようかと思つてますのに……」（「愛する力」）と応じるばかりである。波子は、自分の踊りが西洋舞踊の本式にかなっているかどうかに「自信」がもてないというのである。彼女がバレエに取り組み始めたのは次のような時代であった。

西洋の舞踊家が来るには来ても、古典バレエの人は、一人もなかつたので、波子はホオキンを心待ちしたが、それはうはさにとどまつた。

波子は本格的のバレエを、一度も見たことがなくて、バレエ風の踊りを、つづけて来たわけだ。古典バレエの基本練習も、どれだけ正しく、確かに、身についてゐるのか、自分にも、よくわからないで通した。

模索と、懐疑と、絶望とは、年とともに、深まつてゐた。（同）

草創期に特有の不利な環境のなかで、バレエを学ばざるをえなかったことが確認できる。とはいえ、その頃の波子の実家の財力からすれば、西洋に渡り、本格的なバレエを研究し、習得することも可能だっただろう。しかし、戦争の影響で、渡航も困難になり、実家の財産も失われた。戦争が激しくなるにつれて、本格的な舞台の機会も失われ、香山や品子が携わったような、兵士を慰問するための上演（「冬の湖」）ばかりが許されるような状況になったのであろう。困難な状況のなかでかろうじて芽を出し、生長し始めたかに見えた西洋舞踊であったが、戦争がそのささやかな可能性を、根こそぎに押し倒してしまったと、波子は受けとめているのであろう。

しかし、波子と同様の困難な状況のなかで、たとえば崔承喜は、海外に知られるほどの水準の舞踊を開花させたのだし、波子自身も、「仏の手」を舞って、人々の記憶に残るような成果を挙げたのではなかったか。波子の「自信」のなさは、戦争という巨大な破壊力に見舞われた者の無力感に根ざしているのではないか。戦争は波子やその仲間たちがこつこつと積み上げたものを一瞬にして粉砕し、未来の夢を吹き飛ばしてしまったと、波子には受けとめられていたのであろう。戦争ほど、この世の〈無常〉を無惨に見せつけるものはない。古来から日本人は、〈無常〉を前にして嘆息し、やがて諦観へと導かれてきた。波子を捉えているのも同じ諦念であり、あきらめの嘆息に満ちた無力感[*3]であろう。波子は、自身の夢と理想を娘の品子に託すことで、かろうじて無力感に屈した自己を支えている。

すでに述べたように、家族主義の道徳に束縛されて、不本意な夫婦生活を続けていた波子であったが、自分を仇敵視する矢木の真意を知るに及んで、矢木を拒み、竹原を選択した。この選択によって、夫と家族主義の道徳によって抑圧された状態を脱して、自由で主体的な女性に変貌しえたのである。

このように主体性を回復した波子は、再び舞台に立つ意欲に目覚めている。「戦争前からの人が、立派に踊つてゐるのは、宮操子さんにかぎらないわ。お母さまも、踊りませう」と品子に誘われて、「踊つてみませうか」（「山のかなた」）と応じている。このように波子を積極的にしたものは、「心の若い炎のゆらめき」のせいとされている。古い道徳観の束縛を振り切って、自己を自由な主体として自覚したことが、戦争の破壊力に圧倒され、諦観に傾きつつあった波子を、運命にあらがう積極的な女性に変えたのである。

波子の選択は、占領軍によって種々の民主化が推し進められていた戦後の風潮に感化されたものと受けとられかねないが、そのように考えるべきではないだろう。波子は、主体性を回復することで、竹原との関係を発展させ、舞踊と積極的に関わることを選んだのだったが、この二つはともに戦争よりも以前に遡る「深い過去」をもつ。竹原との関係は、矢木と結婚するよりも以前のことであり、バレエの取り組みは戦争が本格化する前からのことである。波子が最終的にたどり着いたのは、矢木との結婚と戦争が奪った過去を回復することであり、戦後を生きる人々が敗戦以前の過去を忘れようしているのに対して、その過去にこだわり、再び過去を現在に呼び戻そうとすることなのである。

後者のバレエへの取り組みについて言えば、戦争によって根こそぎにされるほどの打撃を受けた、バレエの細々とした伝統の火を継承し、それをはぐくみ、大きく成長させようとする決意と言ってよいだろう。戦後の現在、バレエ・ブームが起こり、バレエ人口が飛躍的に増えたが、そうした現象も、戦前の伝統とのつながりを無視したのでは確かな根底を得られず、一過性のものに終わってしまう。困難な状況と戦いながら、バレエの発展に寄与した先人の努力を、試行錯誤と挫折に終わった負の要素をも含めて継承してこそ、戦後のバレエは確かな土台を与えられるだろう。

一方、竹原との関係が戦争の時期より以前の過去に遡るのは、どのような意味をもつことになるだろうか。竹原は、波子が結婚した当時を振り返って、次のように語っている。

ぼくは昔、波子さんを、ほかの男と、結婚させたんですよ。させたんぢやなくて、波子さんがしたんだが、ぼくの立場からは、さうも言へる。波子さんを奪はないで、ながめてゐたんだから……。波子さんを尊重し過ぎて、波子さんを幸福に出来る、自信がなかつたんですね。（中略）ぼくはほかのことでは、さう臆病でも、卑怯でもないのに、よく波子さんを、そつとだいじにして来られたと、思ふんですよ」（「深い過去」）

竹原は、みずからの自由だけでなく、他者のそれをも尊重しようとする自由主義者なのではないだろうか。河合榮治郎は、戦前、「理想主義的個人主義を基礎とする自由主義」[*4]を説いた人物だが、「自由主義は形式上の自由を主張することにより、奇怪な地位に陥るであらう。あらゆる思想に発表の自由と代表の自由を与へるならば、自己の自由主義と対立し抗争する思想に対しても、その発表と代表とを擁護して、自己を却て没落に駆ることになる」[*5]と述べている。自由主義者はあらゆる立場の人々の自由を尊重しようとするゆえに、たとえ自己と敵対する者であっても、その自由を封殺することはないというのである。竹原も、愛する女性に対して、その主体的な選択を重んじようとした結果、波子が国家主義者の矢木と結婚するのを妨害しなかったのであろう。河合によれば、戦前の日本における自由主義は、政治的な方面でも、経済的な方面でも、「国家主義に隷属し、その許容する限度に於てのみ実現された」にすぎない。自由主義的な制度が移入されても、「制度を裏付ける歴史と信念とを伴は」なかったために、制度の移入は皮相な「外形に止まつ」[*6]たという。が、政治上の自由主義が明治十年代の自由民権運動や大正デモクラシーで、曲がりなりにも近代日本の歴史上に頭角を現したのは事実である。その後は、マルキシズムとファシズムの嵐に遭遇して、地下を伏流する細々とした流れと化したとしても、長い戦争に耐えて、戦後を迎えた自由主義者も少なくなかったであろう。波子が矢木との結婚以前に遡る竹原との過去を回復することは、この種の過去の伝統と現在をつなぎ、過去を現在に蘇らせようとする試みである。ＧＨＱの政策のもとで自由主義的な思潮は大いに興隆したが、それが健全に発展していくためには、戦前からの伝統を、負の遺産も含めて受け継ぐ必要がある、というのが『舞姫』の作者の判断であるようだ。

三

波子が過去から引きずってきた竹原との関係を発展させることを選択するように、品子は、過去の思い出のまつわる香山との関係の発展を選択する。現在の香山は伊豆で、遊覧バスの運転手をしているという。兵士を慰問して回ったことなどが、体制協力として、戦後、一部の批判を招いたのであろう。いずれにせよ、バレエ界を引退するほどのことはなかったはずだが、過去の行為に責任を感じたためか、時代の変転に合わせて態度を豹変させる世間に愛想を尽かしたためか、バレエからきっぱり手を切ることを選んだようだ。矢木とは対照的に、戦時下の活動のために、戦後の運命を大きく左右された人物であり、その意味で今もなお戦争を引きずり続ける人物である。

品子が香山を忘れず、こだわりを持ち続けているのは、戦争の記憶にこだわることであり、戦争が及ぼした負の側面にこだわり続けることである。『舞姫』の作者は、物語の末尾で、品子を香山に向かってはしらせることで、敗戦を境に掌を返したように、戦争の記憶に背を向け、過去を忘れ去ろうとする一部の風潮に対して異議を唱え、戦争にまつわる陰惨な記憶も、これを現在に継承していかなければならないというメッセージを発しているのである。

四

矢木の書斎に掛かっていた「仏界、入り易く、魔界、入り難し」(「仏界と魔界」)の軸を目にした品子は、矢木に向かって、「魔界つて、人間の世界のこと……?」、「人間らしく生きるのが、どうして魔界ですの?」(同)と問い掛けている。この時点の品子は、母の波子が矢木との結婚を精算して、竹原との関係を発展させようとしていることを察知しており、自身も、母に倣って、香山と共有した過去を回復しようとする意向に傾いている。その品子が、「人間らしく生きることが、どうして魔界」なのかと問い掛けているのだから、「魔界」が過去への執着を意味すると彼女が受けとめていると考えてよいだろう。仏教では、この世の〈無常〉を認識し、過ぎ去った過去に限らないが、あらゆる事物に対する執着を捨てることを教えている。その教えに反して、過去に執着し、〈無常〉に抵抗しようとしているゆえに、波子や品子の生き方は「魔界」に進んで入ろうとするものと言えるのである。

言うまでもなくこの作品では、「魔界」は肯定的な意味を担わされている。反対に、〈無常〉を受容する「仏界」が否定の対象にされている。「仏界」が否定されるのには、二つの理由がある。一つは、戦後の日本人の一部に見られたように、敗戦前の過去を一概に否定し、アメリカの主導のもとに建設されつつあった民主主義国の未来だけを見つめようとする姿勢が危ういものをはらんでいるからである。たとえそれがみすぼらしいものであったとしても、また錯誤や誤謬を多く含んでいたとしても、戦前の近代化の遺産を受け継ぎ、戦争にまつわる暗黒の歴史を引き継いでこそ、民主主義国の建設は、確かな土台を得られるからである。過去を切り捨て、過去を顧みない、〈無常〉を受け入れる態度は、将来同じ過ちを反復する危険と無縁でないなどの脆さをはらんでいる。

「仏界」が否定されるもう一つの理由は、戦争がもたらした巨大な破壊を前にした国民に無力感をもたらし、新しい社会の建設に向けて立ち上がろうとする主体意識の成長を阻んでしまうからである。〈無常〉こそ真理であり、私たちはそれに抗うのではなく、ただ諦念をもって受けいれるしかないのだという仏教の教えは、敗戦に打ちひしがれた国民を復興に向けて立ち上がらせるのとは逆の作用しかもたらさない。むしろかつての夢や理想を思い起こし、その実現に向けて主体的な努力を続けることこそ、敗戦後の日本人に求められていることだと、『舞姫』の作者は考えているのである。

矢木に見られる傍観者的姿勢も、無常観に養われた諦観や無力感と無関係ではない。すでに述べたように、八木は、みずからが国家を担う当事者と見る意識が欠如し、国家に寄生する妾の位置に身を置くことしかできない人物であった。これは長きにわたる封建制度がはぐくんだものではあるが、仏教的無常観に根ざす諦観や無力感も、これを助長していることは間違いないであろう。日本国民を呪縛している、非主体的な傍観者意識を打破するためにも、〈無常〉に抵抗する「魔界」が要請されるのである。

もっとも、「魔界」の語は、肯定的な意味ばかりを持っているわけではない。〈無常〉の原則に抵抗して、過ぎ去ってしまった過去の時間を現在に蘇らせようとすれば、現世の秩序との摩擦や軋轢を引き起こさずにはすまないだろう。波子が竹原と共有した過去の時間を現在に蘇生させることは、波子自身と竹原の、二つの家庭を動揺・崩壊させることにつながる危険をはらんでいる。品子が、現在のバレエ界から排除された香山との関係を発展させようとすれば、彼女自身もなにがしかの圧力を蒙るのは避けられないだろう。「魔界」は、現世の秩序と背反・葛藤する可能性を常に伴っており、「魔界」の住人は、場合によれば、社会から指弾される背徳者や犯罪者の運命に陥りかねない。

『舞姫』のなかで、「魔界」のマイナス面を体現するのは、矢木である。品子は、「魔界から、お父さまはお母さまを、見ていらつしやるのよ」（「仏界と魔界」）と語っているが、過去に受けた屈辱と怨念に執念深くこだわり続ける矢木のあり方も、「魔界」に接近したものである。だが、『舞姫』の「魔界」は、戦後の日本人を批判するために、逆説的に主として肯定的な意味で使われていると理解してよいのではあるまいか。

第五章

『千羽鶴』の茶道批判

『千羽鶴』（昭24・5〜26・6）について川端は、「美しい日本の私」（昭43・12・16）のなかで、「日本の茶の心と形の美しさを書いたと読まれるのは誤りで、今の世間に俗悪となつた茶、それに疑ひと警めを向けた、むしろ否定の作品なのです」と述べた。が、どのような意味で茶道が批判されているかは、必ずしも明らかにされているとは言いがたいのではあるまいか。

『千羽鶴』の主人公三谷菊治は、茶道の嗜みを父から受け継いではいないが、茶の世界と完全に切れてしまっているわけでもない人物である。自宅にある茶室に進んで入ることはないようだが、かといってその茶室ともども、父親から引き継いだ邸を売り払うわけでもない。茶道具などについては、相当の鑑識眼をもっているようでもある。菊治は、父に体現された茶道というものに漠然と反発や嫌悪を感じてはいるが、それをはっきりと突き放すには至っていない、中途半端なところを徘徊している人物である。

その菊治が作品冒頭で、父とつながりの深かった三人の女性と再会する。栗本ちか子と太田夫人、それに夫人の娘の文子である。彼女たちは、濃淡の違いはあるが、茶道と関係を持つ。ちか子は、菊治の父の後援によって茶道の師匠となった女性である。太田夫人の亡夫は、父の茶の仲間の一人であったが、夫人も茶道の嗜みをなにがしか身につけているようである。文子は、ちか子の弟子の一人である。彼女たちの形象を通して茶道の一面を菊治に突きつけ、菊治に茶道に対する態度を明確にさせるのが一篇の構想だったのではないか。川端は、菊治に、茶道の伝統や先行世代と対決させることで、伝統を継承し、発展させることが可能であるかどうかを問おうとしたのであろう。

以下、主として太田夫人、栗本ちか子、文子の人物像を分析することで、茶道批判の内実を明らかにしたい。

一

栗本ちか子は、太田夫人が自殺したことに触れて、「菊治さんの結婚の邪魔までされて、たまるもんですか。さすがに悪いと思ふし、自分の魔性がおさへられないから、死んだのにちがひありませんよ」（「絵志野」三）と語っている。戦後の川端作品で重要な位置を占める「魔界」にも通じる、この「魔性」とはいかなる意味を持たされた言葉なのであろうか。

太田夫人の著しい特徴は、過ぎ去ったはずの過去と目前の現在の区別を無化して、現在をさながらに過去に変える傾向をもっている点である。

夫人はなにか胸いつぱい訴へたいのだらうが、その相手として、極端に言へば、菊治の父と菊治のけぢめがよくつかないかのやうであつた。ひどくなつかしげで、父に話してゐるつ

もりで菊治に話してゐるかのやうであつた。（「千羽鶴」三）

「奥さんには、父と僕との区別がついてゐるんですか。」

「残酷ねえ。いやよ。」

目を閉じたままあまい声で、夫人は言つた。

夫人は別の世界から直ぐには帰らうとしないやうであつた。菊治は夫人に言ふよりも、むしろ自分の心の底の不安に向つて言つたのだつた。

菊治は素直に別の世界へ誘ひこまれた。別の世界としか思へなかつた。そこでは、父と菊治との区別などなささうだつた。そのやうな不安が後できざすほどであつた。

夫人は人間ではない女かと思へた。人間以前の女、あるひは人間の最後の女かとも思へた。

（「森の夕日」三）

目前の現在を過去に変えているのは、過去への強い執着である。死んだ菊治の父に強い未練と愛執を抱いているゆえに、目前の菊治を媒介に記憶のなかの菊治の父と抱擁しようとしているのであろう。後の引用文にある「別の世界」とは、現在と過去の区別の無化された世界の謂いである。

夫人は過去恋しさのあまりに、現在との区別を忘れてしまうくらいの女性だから、私たちを拘束する道徳も、「別の世界」にいる夫人を支配する力をもたない。過去への恋慕の強さが世俗的な道徳への顧慮をたやすく踏み越えてしまうと言い換えてもよい。夫人はすべてを忘れて愛に没入することができる女性なのであろう。「人間以前の女、あるひは人間の最後の女」の語は、そのような夫人の人となりを評したものである。

菊治は、父を奪って、母を傷つけた太田夫人を憎んでいたが、死んだ父に執着するあまりに、世俗的な顧慮を遺却する夫人のたわいなさ、愛の純粋さに接して、菊治の敵意は鈍らざるをえなかった。「前に菊治が母とともに、太田未亡人に持つてゐた敵意は、消え去らないまでも、よほど張りあひが抜けた」（「千羽鶴」三）と記されている。

菊治は太田夫人と関係を結ぶことで、過去のわだかまりから解放される。父が太田夫人との関係に求めていたものが、単なる痴情ではなく、世俗の掟に束縛されない、純粋な愛のほとばしりだったことを知り、それを世俗的な道徳観に基づいて批判するのが無意味だと認識したからである。菊治は太田夫人に、「あなたは僕の過去を洗つてくれた」（「森の夕日」三）と語るが、太田夫人の愛の性格を知ったことが、父と夫人に対する憎悪や怨恨などの澱んだ、負の感情から解放してくれたという意味であろう。

世俗を超越した「別の世界」へ誘う太田夫人の愛のあり方は、茶道の一面のメタファーである。山上宗二（一五四四〜九〇）は、『茶話指月集』[*1]のなかで、「富める人も、繁花の世事、心を悩まし、歌舞の宴席、却って気をそこなうに至りて、しばらくも静処に退いて心気をやしなわんとおもわば、ただこの物（茶―藤尾）に託して塵胸をすすぎ、俗慮を消遣すべし。（中略）かく茶にすける人のおおきこと、抑もここに於て静閑をうる人、おもわず無心の妙処にいたるも、惣て一味の徳とやいわん」と、俗念を去って、静閑の境地に遊ぶことが喫茶の効用だと述べている。久松真一は、「露地をぬけて茶席に入ると、俗を忘れるところがある。世間の心を捨てて、一切の俗心を放って俗を離れた浄らかな世界に入ってゆくのである。浮世の塵を払うのが露地に入る心構えである。（中略）蹲踞《つくばい》で手を洗い口をすすぐのも、心頭をすすぐということにならなければならぬ[*2]」と述べている。『千羽鶴』に、茶器を評した次のような箇所がある。

自分の父と文子の母とを、この二つの茶碗に見ると、菊治は美しい魂の姿をならべたやうに思へる。

しかも、茶碗の姿は現実なので、茶碗をなかにして向ひ合つてゐる、自分と文子との現実も無垢のやうに思へる。

二人が向ひ合つてゐるのは、おそろしいことかもしれないと、太田夫人の一七日の次の日、菊治は文子に言つたほどだが、今はその罪のおそれも、茶碗の肌にぬぐはれたのだらうか。

「きれいだな。」

と、菊治はひとりごとのやうに、

「父も柄になく、茶碗などいぢくつて、いろんな罪業の心を、麻痺させてゐたのかもしれま

せんね。」（「二重星」三）

世俗世界の罪と汚れを洗ってくれるのは、名品の茶碗に限らないだろう。脱俗的な閑寂境に遊ぶ茶道自体がそういう功徳をもつはずで、名品の茶碗は茶道のその一面を代表しているにすぎないだろう。

「別の世界」で、世俗の道徳を超越できる太田夫人も、「別の世界」を出た後には、道徳に拘束されるのを免れない。「あなたは父を思ひ出すと、もう父と僕とが一つになるんぢやありませんか」（「森の夕日」三）と言う菊治に、「ゆるして。ああつ、おそろしい。なんて罪深い女なんでせうねえ」、「ああ、死にたい。死にたいわ。今死ねたら、どんなにしあはせでせう」と答えている。彼女が自殺したのも、ちか子が言うように、「自分の魔性がおさへられないから」（「絵志野」三）である。

文子によれば、太田夫人は、菊治の父と関係していた時分も、「今にも死にさう」（同二）だったという。菊治の父と関係を結ぶに至ったのも、今菊治に菊治の父の記憶を投射しているように、亡くなった夫の記憶を、友人の菊治の父に重ねたからであろう。亡夫とその友人が一つになった「別の世界」から出た後に、亡夫への裏切りの意識に苦しめられたのであろう。

倫理・道徳への顧慮を忘失させるほどの、過ぎ去った過去への強い執着、〈無常〉への抵抗が、太田夫人の「魔性」である。悟りとは反対のあさましい執着と言えるが、世俗的なものに汚されない愛の純粋性に根ざすゆえに、現世の利害関心に束縛されがちな私たちの心を浄化する働きがある。

二

ちか子も、太田夫人とともに、一時父の情婦だった時期をもつ女性で、菊治にとって過去のいさくさを想起させる点で等しい。しかし、先に見たように、太田夫人が菊治の過去の悪感情を浄化したのに対して、ちか子は乳房のところにかかるあざの記憶もあって、終始一貫して嫌悪の対象であり続ける。

太田夫人がその超世俗性によって特徴づけられるのに対して、ちか子は徹底して世俗的な女性である。ちか子は、菊治の父との関係を、「残念ながら、お父さまの浮気の数にもはいりやしません。あれつと言つておしまひ……」、「でも、恨んでなんかゐませんわ。それからずうつと、なにか私の便利な時には、気楽に利用していただけましたから……」。男の方つて、なにかあつた女の方が、使ひいいんですの」（「母の口紅」二）と語っている。「なにかあつた女の方が、使ひいい」のではなく、ちか子の側が貞操を差し出した事実にすがり、菊治の父に世話させ続けたというのが実情であろう。別の箇所には、次のようにちか子の来歴が語られている。

栗本ちか子と父との交渉は軽くて短かつたらしい。父の死ぬまで、ちか子は便利な女として家に出入りを続けてゐた。茶会の時ばかりでなく、ただの客の時も台所へ来て働くといふ風だつた。

（中略）

ちか子が男性化したのも、菊治の家の調法な働きものになつたのも、ちか子らしい生存の方法だつたかもしれない。

菊治の家を頼りに、ちか子は茶の師匠として、ささやかな成功をした。（「千羽鶴」二）

男性に依存する以外に生きる手だてに乏しい当時の女性を取りまく状況を考えればやむをえない側面はあるが、ちか子は父と短い期間にせよ、関係をもったという過去の事実に固執し続け、その事実からいわば一生利子を引き出し続けて生きてきたと言ってよいだろう。過去に執着し、過去を手放すまいとしているのは太田夫人と同じだが、ちか子が過去を手放さないのは、それが利益を汲み出す源泉だからである。

ちか子は、菊治に稲村ゆき子との縁談を周旋するが、菊治の父から受けた恩に報いようとか、菊治に対する母性的な愛情の発露とかの動機から縁談の世話をしたわけではない。ちか子は菊治の留守に茶室へ上がり込んで、勝手に料理までこしらえるが、会社にいる菊治に電話して、「菊治さんお一人ではさびしいから、会社のお友達でも三四人おつれになつたらいかが？」（「森の夕日」二）

と持ちかけている。菊治が断ると、「あのう、どなたか、お父さまのお茶のお仲間は……、まさかお呼び出来ないし。ぢやあ、稲村のお嬢さんをお呼びしませうか」（同）と切り出している。ちか子のこの言葉は、彼女の目論見が、菊治と昔の親しみを復活させ、前のように菊治の家に頻繁に出入りできるようになることにあるのであり、縁談はその一つの手段にすぎず、縁談自体をぜひとも成立させたがっているわけではないことを暴露している。菊治の家に出入りして、どうしようとしているかと言えば、一つには、菊治の家の茶室を茶道教室に利用しようという下心のためである。使われなくなった茶室に風を入れ、掃除にいそしむなどしているのはそのためで、「そのグルウプ（稲村ゆき子たちのグループ―藤尾）のお稽古を、早くこのお茶室でさせていただきたいもんでございますわ」（「母の口紅」四）と、厚かましい言葉を口にしている。もう一つは、菊治の家に残された茶道具に目をつけてのことで、京都の道具屋と組んで一儲けを企んでいたことをみずから明かしている（「二重星」一）。

菊治がちか子を毛嫌いしているために縁談は一向に進捗しないが、続編の『波千鳥』（昭28・4～12）の方に、縁談が発展しないことに業を煮やしたちか子が、別の縁談を持ち込み、ゆき子の父を激怒させることに触れられている（「波千鳥」一）。稲村家は、「横浜の生糸商だつた」（「千羽鶴」二）家で、菊治の父と知り合いだったというから、やはり茶に関わりを持つ家庭なのであろう。ちか子は稲村家に恩を売ることで、将来の利益を当て込もうとしたのであろう。

作品冒頭の見合いの取り持ちは、菊治の父に女性の貞操を捧げたのと同じ意味をもつ行為であった。かつて短期間父の情婦になったという事実からその後の半生分の利益を汲み出したように、縁談を周旋して、菊治と稲村家に恩を売り、そこから少なくない額の利得を得ようと当て込んだのであろう。

太田夫人と栗本ちか子は、過去に対して強い執着を持つ点で同一だが、ちか子が自己の利益を動機としているのに対して、太田夫人は亡き人への愛着を動機としているという相違がある。ちか子の執着がエゴイズムの汚れや臭みをもつのに対して、世俗的な道徳や利害関係を顧慮するゆとりもないほどに過去への執着にのめり込む太田夫人の場合には、人をこの世の汚れや臭みをとどめない「別の世界」へゆだねるという功徳がある。

冒頭で茶道の持つ一面が太田夫人とちか子に仮託されていると指摘したが、前者には超世俗的な一面が、後者には世俗的・功利的な一面が体現されていると考えてよい。が、両者がともに過去への執着によって特徴づけられているのを考慮すれば、江戸期以来の茶の世界を支配してきた家元制度を想起せざるをえない。

家元制度とは、西山松之助によれば、「茶・花・舞踊・邦楽などの、いわゆる伝統芸能諸流派において、その代表的人物がそれぞれみずから家元を称し、その家元を中心の核として組織構成されている社会」[*3]の謂いである。茶道の世界では、表・裏・武者小路の三千家をはじめとする諸家の当主が家元として君臨してきた。家元の下には、家元から免許を受けて、弟子を教える中間師匠として名取が存在する。家元は名取に付く弟子から「入門料や相伝料をリベート」（西山）し、それが家元の重要財源となった。家元の周囲には、茶碗や茶杓などの道具類の製作に当たる専門職人がいて、「職人の作品に家元が箱書をして、家元の手から売渡されると、その値段が甚だ高価なものになるという秘密があった」（同）。家元は、何層にもわたるピラミッドの頂点に位置し、利益を吸い上げていく。名取以下の弟子たちは、家元の伝授する型を反覆することを求められ、「個人の潑剌とした創造・独歩の活動は完全に封殺され」（同）た。

家元に就任する人物は、流祖の血統を受け継いだ者であるのが普通である。家元は、みずからの技量の卓越性によってではなく、祖先の権威によって家元たりうるのである。名取たちも、流祖の権威に依存する家元に依存するという形で、間接的に流祖に依存していることになる。かくして家元制度は、過去の権威者に依存する制度であり、過去の権威から利益を汲み上げるシステムなのである。

栗本ちか子に仮託されているのは、功利的な目的のために過去の権威を利用する家元制度の性格であろう。太田夫人が家元制度の何を諷する存在であるかは分かりにくい。流祖をはじめとする先人への純一な愛情と尊敬から家元と同化しようとする一部の人々が、自己の創意や創造性を喪失し、未来への発展性をみずから閉ざしている事態が、故人に執着するあまりに、結局自殺を選ばざるをえなかった太田夫人に仮託されているのかもしれない。あるいは、茶道のもつ脱俗的な性格を象徴する太田夫人の場合には、家元制度との関連を考慮する必要がないと考えた方が当を得ているかもしれない。

菊治が太田夫人との愛に溺れるが、ちか子に気を許そうとせず、稲村ゆき子との見合いにも積極的でないことは、父と太田夫人の関係に体現される茶道の一面は受けいれられるが、世俗的な利益を追求する一面は拒否していることを示している。

が、太田夫人との愛の惑溺が、菊治を幸福に導いたとは言えない。近親相姦めいた背徳の匂いは否定できず、年齢的な隔たりゆえに、安定した関係の存続も望みがたい。過去に執着し、〈無常〉の原則に抵抗することがもともと無理をはらんでいたのである。

三

太田夫人の娘の文子は絶えず死を見据えて生きている女性である。太田夫人によれば、最初菊治の父によそよそしくしていた文子が、戦況が悪化し、空襲が頻繁になった頃、急に態度を軟化させて、菊治の父に優しく接するようになったという。「どうして娘が急に変つたのか、私にはよく分かりませんけれど、毎日もういつ死ぬかしれないと思つたからかもしれませんわ」（「千羽鶴」三）と語っている。目前に迫った死が、過去（死んだ文子の実父）へのこだわりから文子を解放し、目の前の現在を悔いなく生きる方向に彼女を導いたのである。菊治に、「死は私たちの足もとにありますわ」（「二重星」三）と語っているように、戦争の終わった現在もなお、同様の生き方を続けているのであろう。続いて、「自分の足もとにも死があるのに、いつまでも母の死につかまつてゐてはいけないと思つて、私もいろいろしましたの」と言っているように、死を自覚すれば、過去に執着し、そこに停滞するよりも、目前の一瞬一瞬を懸命に生きようと努めることになるだろう。

死を見据えて、過去にとらわれないことは、〈無常〉を受け入れ、それを前提に生きることである。文子は、母太田夫人の死に触れて、「はたの者が責任を感じたり、後悔したりしては、母の死が暗いものになりますし、不純なものになりますわ。後に残つたものの反省や後悔は、死んだ人の重荷になりさうに思ひますの」(「絵志野」一)と語っている。夫太田からその友人の三谷に、三谷からその息子の菊治へと愛の対象を移してきた太田夫人は、そうすることで〈無常〉に抵抗したのであるが、死を選択することで、〈無常〉に屈服し、〈無常〉を受け入れたと言える。当人が時の流れのままに自己をゆだねようとしているというのに、はたの者が「反省や後悔」によって過ぎ去った時間にこだわりを持ち続けたのでは、死者の本意に背くことになる。死者をして静かに行かしめること、死者の死を黙って受けいれることこそ、死者を供養することにつながるというのであろう。

同じ傾向は、太田家に伝えられた高価な志野の水差を気前よく菊治に贈り、母の口紅の付いた茶碗を惜しげなく割ってしまう点にも現れている。菊治に水差を贈ったのは、茶器の名品は最もそれを気に入った人に帰属すべきものと考え、茶器が本来の運命に従って人から人へ流れていくことを素直に受容しようとしているからであろう。太田夫人の口紅の跡のついた茶碗は、〈無常〉

に対する太田夫人の抵抗を象徴するもので、茶器が人から人へ流れていくのに抗い、いつまでも自分の手もとに置いておこうとする意志を具象化している。文子はそれを割ることで、〈無常〉に対する母の姿勢を否定しているのである。

よく引用される部分であるが、二人が結ばれたときの菊治の反応が次のように描かれている。


文子は菊治に、比較のない絶対になつた。決定の運命になつた。

これまで菊治は文子を、太田夫人の娘と思はない時はなかつたのだが、それも今は忘れたやうだ。

母の体が微妙に娘の体へ移されてゐる、そこに菊治が怪しい夢を誘はれたのなども、かへつて今は跡形もなくなつた。

長いあひだの暗く醜い幕の外に、菊治は出られた。

文子の純潔のいたみが、菊治を救ひ上げたのだらうか。

文子の抵抗はなく、純潔そのものの抵抗があつただけであつた。

それこそ呪縛と麻痺との底に落ちたと思はれさうなものだが、菊治は逆に呪縛と麻痺とをのがれたと感じた。（「二重星」四）

菊治が事に及んだ切っ掛けは太田夫人への執着がその娘へ欲望を差し向けたことにあったよう

だが、この一瞬にすべてを注ぎ込む文子の愛に接して、そういう過去への執着を脱する方向に導かれたのである。トーマス・E・スワンがすでに指摘[*4]しているように、志野の茶碗を割る行為は、文子自身の破瓜をも象徴しているが、文子は菊治に処女の純潔も惜しみなく与えたのである。

「長いあひだの暗く醜い幕」とは、過去に呪縛された状態のことであるが、具体的には、太田夫人とちか子という、過去に執着する二人の女性たちに妨げられて容易に新生活に乗り出せない状態のことである。それが、文子の生き方と愛に触れることで、「幕」を打ち破ることが可能になった。過去に囚われ続ける太田夫人やちか子と反対に、文子は過去への執着を脱しているゆえに、「長いあひだの暗く醜い幕」を菊治が脱却できたとしても不思議ではない。

菊治は、ちか子が主催し、太田夫人が同席する茶席で稲村ゆき子を初めて目にする。そのときの印象が、「中年の女の過去がもやつく前で、清潔に茶を点てる令嬢を、菊治は美しく感じた」（「千羽鶴」二）と記されている。ゆき子の清潔な点前の姿が、過去の呪縛を振り払ってくれるように感じたのだったが、実際にその役割を果たすのは文子である。『波千鳥』で文子を愛する菊治が実際に結婚するのは、ゆき子とである。川端作品に「二人で一人、一人で二人のやうな」女性の対が頻出するのを指摘した東郷克美は、太田夫人と文子がそのような分身的な関係にあるというが[*5]、文子とゆき子の関係にそれを見るべきだろう。非日常的な性格をもつ文子の存在を、日常的次元に置き直したのがゆき子なのであろう。

しかし、文子といえども、この一瞬が終わり、日常性に立ち返れば、世俗的な倫理・道徳に束縛されるのを免れない。彼女が菊治の前から姿を消したのは、母と交わったことのある男性と永続的な関係を結ぶことができないと承知してのことである。「もしあなたとお会ひして、あなたのお父さまや私の母の話が出ましたら、今はもう私は悔恨と汚辱にをののくことと思ひます。親の話をしてはならないのです。そのやうな子供たちが愛し合へませうか」(「旅の別離」三)と、『波千鳥』のなかの手紙に文子は記している。

が、そもそも、それ以前に、彼女の生き方自体が結婚の日常性と相いれないものである。文子と菊治が結ばれる直前、菊治に促されて、文子は茶を点てようと試みるが、そのとき彼らは次のような会話を交わしている。

「旅のおつもりで……。」

と、文子は小さい茶碗に小さい茶筅を使ひながら言つた。

「旅といふと、どこかの宿ですか。」

「宿屋にかぎりませんわ。川岸かもしれませんし、山の上かもしれませんわ。谷川の水のつもりで、冷たい方がよかつたのかしら……。」(「二重星」三)

彼らが愛を交わしたのが、日常の延長上の次元ではなく、旅先のような非日常的な地平であったことを示している。私たちをさまざまな面で束縛する日常的な生活のなかにあって、この一瞬にすべてを賭ける生き方を貫くことはできにくい。そうした生き方が、日常生活の安定性を突き崩してしまうからである。逆に日常の安定性を守ろうとすれば、この一瞬にすべてを注ぐことに躊躇せざるをえない。

『波千鳥』の文子が旅を続け、いわば旅を住み家とする生き方をしているのはそれゆえである。川端は、鉱山の売店で働いている文子を菊治が訪ね当て、二人が心中する結末を予定していたというが[*6]、文子のような非日常的な生き方と、結婚とが相いれないのは明らかで、愛し合った二人の結末として心中以外には考えようがないかもしれない。

四

文子が一期一会を理念とすべき茶道の本来の精神を体現していることは明らかである。井伊直弼（一八一五―六〇）の『茶湯一会集』に、「茶湯の交会は、一期一会といいて、たとえば幾度おなじ主客交会するとも、今日の会にふたたびかえらざる事を思えば、実に我一世一度の会なり[*7]」とある。同じ著者の『閑夜茶話』には、「小座敷の茶の湯は、第一仏法を以て修行得道する事なり」とも記されている。茶道と仏教、とりわけ禅宗とは切り離せない関係にある。山上宗二の『山上宗二記』にも、「茶湯は禅宗より出でたるによりて、僧の行いを専らにす[*8]」とある。現世の〈無常〉を認識し、一期一会の態度を体現する文子は、茶道本来の精神を受け継ぐ存在である。

文子は、「私はもうお茶はいたしませんから」（「母の口紅」四）と言っている。最も純粋な形で茶道の精神を体現する人物にこの言葉を口にさせているのは、家元組織のもとに成立する現代の茶道はすでに茶道でなくなっているという作者の認識と見切りを語っているだろう。過去の権威に依存する家元制度ほど、〈無常〉を前提とする仏教の精神と背馳するものはない。

さて、冒頭でも述べたように、『千羽鶴』の主題は、茶道の伝統を継承・発展させることが可能かどうかを問うところにあった。茶道が一期一会の理念を見失っているかぎり、伝統の継承も発展もありえず、これと訣別する他ないというのが作者の結論だったようだ。

『波千鳥』を見るかぎり、過去から解放された菊治が、過去依存に代わる新たな方向性を見いだしているとは思えない。一方、菊治を茶道からの決別に導いた文子は、先行世代を乗り越える新たな生き方を確立しえただろうか。先に述べたように、文子は、旅を住み家とする中世の世捨て人さながらの生き方をしようとする人物である。現代人が容易に範になしうる人物ではない。この一瞬にすべてを賭けようとする彼女の愛のあり方が、心中に容易に結びついてしまうことも否定しがたい。川端自身が、「心中さすのもおかしいですからね[*9]」と語っているように、『波千鳥』を書き継ぐことができなかったのは、『千羽鶴』の主人公の到達した生き方のアクチュアリティに自信が持てなかったからであろう。

結局、『千羽鶴』は、原点を見失った茶道の現状は批判したが、茶道の伝統をどのような方向に発展させるべきかの問題に示唆を与えるまでには至らなかった小説であった。

第六章

『山の音』の伝統継承——死の受容と生命の解放

鶴田欣也は、「この作品の初めの信吾は、山の音を聞き、近づきつつある死におびえている人間であった。しかし、終りの信吾は、自分が卵を産んで疲れ切り、海に下る落鮎であることを喜んで認めることができる人間になっている」[*1]と述べている。「卵」とは、「蛇の卵」の章で信吾が夢に見る卵の一つである。鶴田はその卵を、夢のなかで信吾が菊子に「近づき、性の交わりをした結果生み落とされたと解釈している。すでに羽鳥徹哉に批判[*2]があるように、その点は鶴田の誤読と考えざるをえない。だが、『山の音』（昭24・9～29・4）を、信吾がみずからの死を受容するまでの過程を描いた物語と解釈したことは意義深い。というのも、この作品は、「展開という面で、ほとんど最初に与えられた状況のままにとどまって少しも本質的な変化発展をみせていない」[*3]とか、「葛藤のないドラマのないそして解決のない物語」[*4]とかと考えられてきたからである。鶴田によってはじめて死の恐怖を乗り越えるまでの主人公の内面変化が、この作品の中核をなす物語であることが指摘されたわけである。その後の研究には、鶴田論文から恩恵を受けたものが少なくないように見受けられる。

ただし、信吾がなぜ死を受け入れられるようになったかに関する鶴田の説明は納得できるものではない。先の羽鳥の批判もその点に関わっている。鶴田は、理想的な女性に関して不充足感を抱く信吾が、「いくつかの夢を重ねていくことで次第に自分の青春をとり戻し、信州まで溯り、理想的な女性にも逢うことができた」、「夢という枠の中で回春を達成した」と述べている。後に取り上げるように、とうてい容認できない見解である。

もう一つ不満なのは、信吾が死を受けいれる過程は、同時に菊子たち夫婦に別居を申し渡す過程でもあり、両過程は不即不離の関係にあるにもかかわらず、鶴田がその点に触れていない点である。『山の音』は、依存し合っていた世代と世代が自立に向けた第一歩を踏み出すまでの過程を描いた物語でもある。

本章は、『山の音』の物語性に関する鶴田の理解を受け継ぎながら、主として右の二点について鶴田論文を補正しようとするものである。最後に、それらの成果に立脚して、『山の音』の作者が、伝統の継承に関して、いかなる態度をとっているかをも確認する。

一

信吾が菊子にはじめて別居を切り出したのは、修一の情婦と同居する池田という女性から、「別居なさることはお出来になりませんの？」（「朝の水」三）と諭された後の、「夜の声」の章においてである。だが、実は信吾自身も、その半年も前から別居を考えないではなかった。そういう信吾の胸中は暗示的な描かれ方がなされているために、注意深い読みが要求される。が、今はその点に立ち入らず、まずは、別居問題の前提になる、菊子に対する信吾の秘かな執着を確認しておこう。

信吾・修一親子は、同じ会社に勤めているが、修一に情婦ができて以来、信吾が一人で帰宅することが少なくなかった。信吾が無理にも修一と連れだって帰ってきたなら、情婦との関係の発展もいくぶんかは阻止できたはずで、修一・菊子夫婦の円満を望むなら、ぜひともそうすべきであった。しかし、信吾はその労をとろうとしない。

鎌倉の駅におりると、信吾は修一と帰りの時間を打ち合はせるか、修一よりおそく帰るかすればよかつたと思つた。（「山の音」三）

「鎌倉の駅におり」て初めて修一と連れだって帰ればよかったと考えるのは、息子夫婦の幸福をはかるべき父親としてはのん気すぎる反応である。会社を出る時点で思い至っていなければならないはずである。思い至らないのは、信吾に、修一と情婦の関係の発展を歓迎する意向があるからであろう。渥見秀夫が、「信吾には菊子に結びつく人間関係の構図から修一を除外したい無意識があった」[*5]と指摘するとおりである。信吾は魚屋に立ち寄り、さざえを三つ購っている。修一を勘定に入れるなら当然四つでなければならないところである。修一が情婦のもとに立ち寄り、遅く帰宅するのを予期してのことと言えば言えるが、わざわざ自身で夕食のおかずを買うのは異例のことで、信吾に修一を除いた食卓を楽しもうという気持ちがあることを示している。修一の不在を歓迎していると考えざるをえない。

信吾が魚屋の店頭にいたとき、「背をまる出しにして、布のサンダルをはき、いい体」をした「娼婦」が、鰺を買っていった。「あんなのが鎌倉にもふえましたね」と、「吐き出すやうに言」う魚屋の主人に対して、信吾は、「だつてしゆしようぢやないか。感心だよ」と応じている。「信吾はたしかに娘に好意を持つたのだが、その後で自分がうらさびしいやうに感じられてならなかつた」（「山の音」三）と語られている。信吾が「娘に好意を持つた」のは、娘を修一の情婦と重ねて受けとめたからである。信吾は、修一の情婦を、「商売女か娼婦型の女にちがひない」と「にらんでゐた」（同四）。娘と同様に、情婦が修一を歓待してくれれば好都合だと思ってしまったのである。「今日だつて、修一は帰らないんでせう。どうしていつしよにお帰りになれないんですの。御自分だけお帰りになつて、菊子に洋服をしまはせて、それではね」（「栗の実」二）とたしなめる保子の言葉は、菊子の夫の位置を修一から奪い取ろうとする信吾の隠された動機を暴いていると言えるかもしれない。

しかし、修一が情婦と親しんだために、菊子の女性を覚醒させるという思わざる結果を招くことになる。

女が出来てから、修一と菊子との夫婦生活は急に進んで来たらしいのである。菊子のからだつきが変つた。

さざえの壺焼の夜、信吾が目をさますと、前にはない菊子の声が聞えた。（「山の音」四）

「菊子の声」とは、言うまでもなく性の歓びを漏らす声のことである。これ以後、信吾は頻繁にみだらな夢を見ることになるが、明らかに「菊子の声」に刺激されたものである。「信吾は六十二になつて、みだらな夢を見るのもめづらしかつた」（「蟬の羽」三）というから、頻々と淫猥な夢が続くのは異様な事態である。埋もれ火のような性欲を搔き立てられて苦しむ信吾は、「頭だけ洗濯か修繕かに出せんものかしらと考へたんだよ。頭をちよんぎつて、といふと荒つぽいが、頭をちよつと胴からはづして、洗濯ものみたいに、はい、これを頼みますと言つて、大学病院へでも預けられんものかね。病院で脳を洗つたり、悪いところを修繕したりしてゐるあいだ、三日でも一週間でも、胴はぐつすり寝てるのさ。寝返りもしないで、夢も見ないでね」（同二）と言っている。性夢が修一・菊子夫婦の性の営みを漏れ聞いたことによって引き起こされているのは明らかだが、だとすれば最も簡単な解決法は息子夫婦と別居することである。

三つ目の「雲の炎」の章の末尾に、「なにか、いよいよ生涯の決定の時が来てゐるやうな、そんな気持もした。決定すべきことが迫つてゐるやうだ」（三）とある。この直前に、「ワイシヤツを脱ぎ、シヤツを着替へる時、修一の乳の上や腕のつけ根が赤くなつてゐるのを、信吾は見て、嵐のなかで、菊子がつけたのかと思つた」（同）と記されていることなどを考慮すれば、「生涯の決定の時」、「決定すべきこと」というのは息子夫婦との別居のことであり、それを申し渡すことである。たかが別居に大げさな表現とも言えるが、逆に菊子との同居が信吾にとってそれだけ重い意味をもっていることを示している。

信吾は嫁の菊子と親しみを深める理由を、次のように自覚している。

> 信吾にとつては、菊子が鬱陶しい家庭の窓なのだ。肉親が信吾の思ふやうにならないばかりでなく、彼ら自身がまた思ふやうに世に生きられないとなると、信吾には肉親の重苦しさがなほかぶさつて来る。若い嫁を見るとほつとする。
> やさしくすると言つても、信吾の暗い孤独のわづかな明りだらう。さう自分をあまやかすと、菊子にやさしくすることに、ほのかなあまみがさして来るのだつた。（「蟬の羽」四）

しかし、別の箇所には、次のように記されている。

> ほつそりと色白の菊子から、信吾は保子の姉を思ひ出したりした。
> 信吾は少年のころ、保子の姉にあこがれた。姉が死んでから、保子は姉の婚家に行つて働き、遺児を見た。献身的につとめた。保子は姉のあとに直りたかつたのだ。美男の義兄が好きでもあつたが、保子もやはり姉にあこがれてゐたのだ。同じ腹と信じられぬほど姉は美人だつた。保子には姉夫婦が理想の国の人に思はれた。

保子は姉の夫にも遺児にも調法だつたが、義兄は保子の本心を見ぬ振りした。さかんに遊んだ。保子は犠牲的な奉仕にあまんじて生きるつもりらしかつた。

信吾はそのやうな事情を知つて、保子と結婚した。

（中略）

息子の嫁に菊子が来て、信吾の思ひ出に稲妻のやうな明りがさすのも、さう病的なことではなかつた。（「山の音」四）

鶴田欣也は、菊子は、「美しき姉を垣間見せる霊媒」であり、美しき姉は、「時を超越した永遠性を保つと同時に、菊子によって肉付けされ、この世にかかわりを持ってこられる」と述べている。夭折した保子の姉は、信吾の理想像を体現する存在なのであるが、その姉を彷彿させる菊子は、現在をそのまま過去と化し、現実をさながら理想の世界に変える存在である。信吾は、菊子によって、姉と過ごした過去へ、あるいは時間の侵蝕を受けない理想の世界に導かれているのである。

では、なぜ過去や時間を超越した世界へ赴く必要があるのか？　この物語のなかで、信吾の友人が次々と死ぬ。信吾はそのたびに自身の死の覚悟を強いられ、密かに恐怖に戦いていたに違いない。死んだ友人の最後に当たるのが、肝臓癌で死ぬ大学の同期生であった。信吾が見舞いに行くと、友人は青酸加里を調達してくれと依頼してきた。どうせ死ぬなら、「自分で死の時をえらべる自由を持つてゐたい」（「蛇の卵」一）というのである。信吾が依頼をそのままにしているうちに、友人はあっけなく死んだ。その葬儀からほど遠からぬ日の朝、信吾は突然ネクタイの結び方を忘れてしまう。菊子に結んでもらおうとするが、彼女には結べなかった。窮した菊子が保子の助けを求め、かろうじて結ぶことができた。

電車のなかで、左右が逆であるのに気づいた信吾が、保子の結んだネクタイをほどくと簡単に結べたことが示しているように、信吾は結び方を忘れたわけではなく、結びたくなかったのであろう。保子に結んでもらった直後、「大学を出て初めて背広を着た時、ネクタイを結んでくれたのは、保子の美しい姉だつた」（「秋の魚」一）と思い当たっている。姉の「霊媒」としての菊子に結んでもらうことによって、死を間近に控えた現在から、過去へ、あるいは非時間的な時空へと退避しようとしたのである。

以上の経緯から、過去への遡及が死の恐怖を回避しようとする思いに動機づけられていることが確認できる。信吾は、菊子と親しむことを通して、保子の姉の記憶を呼び起こし、死へと流れていく現在の時間から身を引き離そうとしているのである。

しかし、この作品の冒頭に近い箇所で、信吾は「山の音」を聞いている。信吾は、「山の音」を「死期を告知」（「山の音」二）する音と受けとめている。修一を排除してまで、菊子と親しみ、時間を過去へと巻き戻そうと企てていたにもかかわらず、なぜ「山の音」が聞こえたのであろうか。

前にも述べたように、情婦となじんだ修一が菊子の女性を目覚めさせ、性愛に歓びを見いだす女性に変貌させた。その事実に言及しているのは、冒頭の「山の音」の章（四）である。つまり、「山の音」を聞いた前後に菊子の急激な変貌があったことになる。

後に考察するように、信吾の理想の女性像は、性愛とは無縁な中性的な存在であり、「純潔」（「冬の桜」三）な「聖少女」（「夜の声」二）である。「素直な髪のお河童の姉さんが、赤い元禄袖を着て」（「春の鐘」二）云々とあるように、おそらく夭折した保子の姉も、そのようなタイプだったのであろう。*6

しかし、修一によって性愛に覚醒された後の菊子が、この理想像から逸脱しているのは明らかである。逸脱しているとすれば、保子の姉との同化も不首尾に終わり、過去への遡行もなしえないことになる。このとき、「山の音」が聞こえたわけで、「山の音」とは、死に向かって流れる時間が搔き立てる音、菊子を媒介にして過去へと遡行しようと試みる信吾を拉っして死の方向に連れ去ろうとする時間の進行が呼び起こす音のことである。

菊子との同居は死の恐怖の回避という意味を持っていたのである。信吾が別居話を容易に持ち出せなかったのも、もっともなことである。

二

信吾の秘書だった谷崎英子は、いっしょに踊ったときの信吾が体を反るようにして踊っていたと指摘している。「私にね、私にさはると悪いやうに、離れるやうに反つて、お踊りになるんですもの」（「雲の炎」三）と、その時の信吾の様子を語っている。性に対する潔癖さが信吾の特徴の一つであり、性をむしろ汚れや罪と感じているようである。[*7]「山の音」を聞く直前、菊子のワンピースが雨戸の外にぶらさがっているのを目にして、「だらりといやな薄白い色だ」（「山の音」二）と感じている。菊子が知人の未亡人からもらったという黒百合の花の色に惹かれながらも、匂いについては、「いやな女の、生臭い匂ひだな」（「春の鐘」四）と、嫌悪感を漏らしている。

慈童の面を菊子に掛けさせるのは、黒百合の花の匂いを嗅いだ直後である。最近の菊子がにわかに性愛に目覚めたことは前に述べた。性を超越した「永遠の少年」（「島の夢」二）を表す面を菊子に掛けさせたのは、性愛にまつわる生臭さを払拭し、彼女を「純潔」な「聖少女」に返そうという企てであろう。菊子が「子供だから、おやぢに気に入つてゐる」（「冬の桜」三）という修一の言葉は、身も蓋もないものではあるが、真実をついている。

では、信吾が性とは無縁な聖人かといえば、もちろん違う。修一たちの寝室から漏れる声を聞いて以来、信吾はみだらな夢に襲われ続ける。最初、信吾は夢の中で性愛の対象になっているのがだれかを認識できなかったが、やがて菊子だと思い当たる。

「あっ。」と信吾は稲妻に打たれた。

夢の娘は菊子の化身ではなかつたのか。夢にもさすがに道徳が働いて、菊子の代りに修一の友だちの妹の姿を借りたのではないか。しかも、その不倫をかくすために、苛責をごまかすために、身代りの妹を、その娘以下の味気ない女に変へたのではないか。

もし、信吾の欲望がほしいままにゆるされ、信吾の人生が思ひのままに造り直せるものなら、信吾は処女の菊子を、つまり修一と結婚する前の菊子を、愛したいのではあるまいか。その心底が抑へられ、ゆがめられて、夢にみすぼらしく現はれた。信吾は夢でもそれを自分にかくし、自分をいつはらうとしたのか。（「傷の後」三）

信吾が体現する道徳観による粉飾と歪曲が加わっているために、当初は見通すことができなかったが、欲望の対象が他ならぬ菊子だと思い至っている。信吾は、一方で、「純潔」な「聖少女」として菊子をあがめている。性を汚れたもの、罪深いものと見る古風な道徳観がそのような菊子を求めさせているにすぎず、無意識の闇にはその道徳観によって抑圧された性の欲望が不気味に息づいているのを認めざるをえなくなったのである。

やがて信吾は、「夢で菊子を愛したつていいではないか。夢にまで、なにをおそれ、なにをはばかるのだらう。うつつでだつて、ひそかに菊子を愛してゐたつていいではないか」（同四）と「思ひ直さう」とする。この時点の信吾は、自身を束縛して、性の自然な発露を妨げる道徳観を厭わしいもの、生命の自然な発展をゆがめるものと考えるに至ったと言えるだろう。

鶴田欣也は、『山の音』の夢を、「時空を超える不思議な要素を持っている」と指摘し、「信吾はそれに頼りながら、時間遡行をこの作品内で完結させるのである」と述べている。夢を「永遠のパラダイス」への参入を可能にする媒体と考えており、そのような理解に基づいて、冒頭で触れた、「夢という枠の中で回春を達成」するという解釈が導かれている。だが、先の引用文に見られるように、道徳観の干渉を受けて信吾は夢においても十分な願望充足を果たしえていない。「永遠のパラダイス」とはほど遠い状況である。『山の音』における夢に関する記述の多くは、信吾の隠された欲望を暴露するとともに、性欲＝生命力の解放を妨げ、歪曲する道徳観の根強い支配力を示す役割を果たしている。

信吾が長くとらわれ続けた「純潔」な「聖少女」の理想像も、性を抑圧する道徳観の産物であって、そのことを認識した信吾は、やがて義姉の記憶の呪縛からも解放されることになる。最後の「秋の魚」の章で、かなり強硬な口調で菊子に別居を勧めることができた最も大きな理由はこのことであろう。

信吾は、堕胎後、実家に帰っていた菊子に誘われて、新宿御苑で待ち合わせることになった。新宿御苑は、若いカップルであふれた場所で、信吾は、「皇室の御苑が解放されたやうに、若い男女も解放された風景だらうか」（「都の苑」三）と受けとめている。御苑のなかで信吾の眼を引いたのは枇杷の木で、次のように記されている。

「じつにみごとな枇杷の木だね。邪魔するものがないから、下の方の枝まで、思ふ存分に伸ばしてるんだな。」

木の自由で自然な成長の姿に、信吾は豊かな感動をした。（「都の苑」三）

百合の大樹にも心を奪われており、「その大樹を見上げて近づくうちに、聳え立つ緑の品格と量感とが信吾に大きく伝はつて来て、自分と菊子との鬱悶を自然が洗つてくれる」（同）と感じている。

信吾が自然の大樹に見たのは、何物にも妨げられずに解放された自然の生命力の豊かさ、力強さである。みずからの古風な道徳観が生命の自然な流露を妨げているとの認識は、その後の部分に出てくるが、自身のそのような現状の対照として、信吾の胸には、新宿御苑で見た大樹が想起されたことだろう。

と同時に、旧時代の道徳によって性欲の自然な流露を妨げられた信吾と比べて、性の解放を謳歌しているかに見える御苑に集う若者たちが、枇杷や百合の大樹に通う自然さを体現していることに思い至ったはずである。

ところで、何物にも妨げられない自然な成長を誇示する大樹と対照をなすものに、人工的な工夫によって成長を抑圧されて造形される盆栽がある。信吾の理想を体現する保子の姉は、しばしば盆栽に結びつけられた形で想起される（「雲の炎」一、「春の鐘」二、「秋の魚」二）。姉に体現される信吾の理想的な女性像が不自然な抑圧の産物であることを示している。

元日、手酌で酒を飲む修一は、信吾の一生が「成功だつたか、失敗だつたか」（「冬の桜」三）を考えていたという。禁欲的な性道徳に束縛されて、解放された性の喜びを享受することのできぬままに年老いた父親に皮肉な眼差しを注いでいたのかもしれない。「われ遂に富士に登らず老いにけり」（「島の夢」二）とつぶやく信吾自身も、それを悔いる思いがあった。この言葉をつぶやいた日の前夜、信吾は次のような夢を見ていた。

信吾は松蔭の草原で女を抱擁してゐた。おびえてかくれてゐた。連れを二人で離れて来たらしい。女は非常に若かつた。娘であつた。（中略）

連れのモオタア・ボオトが海を遠ざかつて行つた。その舟に、女が一人立ち上つて、しきりにハンカチを振つてゐた。（同）

信吾はこの直前に、谷崎に案内させて、修一の愛人の家を見ていた。愛人の絹子は、池田という女性と同居していると聞いていた。信吾が夢で抱いた若い女性は絹子であり、モオタア・ボオトで遠ざかる連れの女は池田と考えるのが順当なところであろう。つまり、信吾は、修一になり代わりたい、修一のように性の歓びを満喫したいという欲望を抱いているのである（信吾の欲望の対象が菊子であることを考慮すれば、夢で絹子に相当する女性は変装した菊子と考えるべきである）。

信吾は、やがて絹子が修一の子を宿していることを聞きつけ、絹子に直接会って、子どもを堕ろしてくれるよう依頼する。初めての対面であったが、絹子は最後まで打ち解けず、とげとげしいというのに近い態度に終始した。絹子から、「修一さんは産むなと言つて、私をなぐつたり、踏んだり、蹴つたり、医者へつれて行かうとして、二階から引きずりおろされました」（「蚊の群」二）と聞かされた。

同じ夜、信吾は友人から誘われていたこともあって、築地の待合に寄り、十五六の芸者を呼ぶ。芸者は信吾に寄り添ったままで眠りに落ちた。「信吾は若い女に寄り添はれて寝るといふ、やはらかい幸福になごんだ」、「幸福といふものは、このやうにつかの間で、はかないものかもしれないと思つた」（同三）と記されている。いかにも信吾らしく芸者の寝顔を眺めただけで、終列車で帰宅した。その夜、次のような夢を見る。

若い陸軍の将校になつてゐて、軍服の姿で、腰に日本刀をさげ、ピストルを三挺つけてゐた。刀は修一が出征に持たせてやつた、家伝来のものらしかつた。

信吾は夜の山路を歩いてゐた。木こりを一人つれてゐた。

「夜みちは危いから、めつたに歩きません。右側をお歩きになつた方が安全ですよ。」と木こりは言つた。

信吾は右側に寄つたが、不安を感じて、懐中電灯をつけた。その懐中電灯はガラスのまはりに、ダイヤがいつぱいついてて、きらきら光つて、普通のより明るかつた。明るくなると、黒いものが目の前に立ちふさがつてゐた。杉の大木の幹が二三本重なつてゐる。しかしよく見ると、それは蚊のかたまりだつた。蚊の群が大木の形にかたまつてゐる。どうしようかと信吾は考へた。切り抜けるんだ。信吾は日本刀を抜き払つて、蚊のかたまりを切つて切つて切りまくつた。

ふとうしろを見ると、木こりはころがるやうに逃げて行つた。信吾の軍服の方々から火が出た。をかしいことに、そこで信吾は二人になつて、火の出る軍服の信吾を、もう一人の信吾がながめてゐる。火は袖口とか、肩の線とか、端にそつて出ては消える。燃えるのではなく、細い炭火がおこるやうな形で、ぱちぱちはじける音がする。

信吾はどうやら自分の家に着いた。子供のころの信州の田舎の家らしい。保子の美しい姉も見えた。信吾はつかれてゐるが、ちつともかゆくはない。

逃げた木こりも、やがて信吾の家にたどりついた。たどりつくなり、気を失つて倒れた。

木こりの体から、大きいバケツにいつぱい蚊が取れた。（同三）

この夢は、前夜の体験が信吾にどう受けとめられたかを絵解きする役割を果たしている。絹子との会見に向かう信吾は、「解決は息子がすべきことだ」（同一）という思いを抱いていた。堕胎を拒む女を説得しようとする意気込みが、日本刀とピストルを携帯させたのであろう。信吾を案内する木こりは、女の住まいを知悉した修一を表していよう。前の夢で、信吾が修一になり代わりたいという願望を抱いていたように、陸軍の将校になった信吾は修一を内に含んでいる。修一に代わって絹子を説得しに赴いている事実も、修一を内在化させている原因になっているだろう。内在化された修一に即して解釈すれば、日本刀とピストルは男根を象徴していることになる。信吾が行き当たる杉の大木は、「都の苑」の章で、若い世代の解放された性の象徴として眺められた枇杷や百合の大樹を想起させる。しかし、それが実際には蚊の群れだったというのは、明るく健康な性の謳歌と見えたものの実態が、卑小でみすぼらしい生命の乱舞であり、当事者をうるさく悩ませる、あさましい欲望の跳梁にすぎなかった、ということであろう。軍服を火に焼かれる信吾は、情事のためにさまざまなトラブルを抱え込んだ修一を表している。バケツ一杯分の蚊にたかられて失神した木こりも、同じく修一の分身である。家に無事たどり着き、かゆみも感じない信吾は、抑圧的な性道徳を抱えている信吾自身である。泥沼のような情事にのめり込んで悩まされるよりも、嫁の菊子や前夜の芸者などとのあいだで、淡く、ささやかな幸福感を堪能する方が好ましいと、信吾の内の、意識せざる信吾が結論したのであろう。夢の最後の場面に「保子の美しい姉」が姿を見せていることからすれば、永遠女性の面影をひそかに胸に秘め続け、あこがれ続けるような生き方も、あながちに否定すべきものではないという結論でもあっただろう。

信吾は、禁欲的な倫理観に束縛された自己の人生の貧しさを認識しながらも、そのつつましさを自己の資質にふさわしいものとして諦観をもって受けいれることができたのである。このことも、死へとつながる時間を下っていくのを諾わせた要因であろう。

三

「秋の魚」の章に、たまたま汽車に同席した老人と若い女が親子と見紛うほど容貌が似ているにもかかわらず、アカの他人だったことに信吾がいたく感動する場面がある。この世に二人といないほど容貌の似たもの同士がしばし隣にすわっていながら、当人はそれを自覚しないまま、やがてそのまま分かれていくことが「奇蹟」だとして感慨にふける信吾は、修一から、「お父さんの言ふほど感動することでもない」、お父さんの感動は「菊子が心の底にあつてのこと」（三）と言われて、言葉を失った。

東京駅でいったん信吾の前に座った女は、座席にハンド・バックを置いたままフォウムに出て、だれかをさがす様子だったが、やがて座席に戻ってきた。少し遅れて、女の隣に例の容貌の似た老人が席をとった。「女は父親を待つてゐたのか。信吾はなんとなく安堵した」（三）というのが信吾の反応であった。女は当然恋人か夫と待ち合わせているものと思ったところが、父親と知って、「安堵」したわけである。女は、「菊子の年ごろ」（三）で、魅惑的な風情を湛えた、「一種の美人」（三）であった。菊子を愛する信吾が女から菊子を連想するのは自然であり、菊子に、修一よりも自分に親しんでほしい、自分が菊子の夫の位置を占めたいという無意識的な願望を抱いた信吾が、女が待ち合わせているのが、恋人でも夫でもなく、父親だったと分かって、「なんとなく安堵」するのも納得がいく。

血縁の親子でなく、嫁と舅にすぎない菊子と信吾は、容貌の点ではもちろん似ていないが、気質や趣味の点で共通したものをもっており、二人が惹かれあうのはその共通性のゆえであろう。

信吾が過去に固執しているように、菊子も過去に退行しようとする傾向を持ち合わせている。「菊子たちは別居してみる気はないかね」（「夜の声」四）と切り出す信吾の言葉に、菊子は、「いいえ。私でしたら、お父さまにやさしくしていただいて、いつしよにゐたいんですの。おとうさまのそばを離れるのは、どんなに心細いかしれませんは」、「私は末つ子のあまつたれで、実家でも父に可愛がられてゐたせゐですか、お父さまとゐるのが、好きなんですわ」（同）と応じている。特に夫の修一が「心の負傷兵」（「朝の水」三）と呼ばれる、戦場体験がもたらした精神の荒廃を抱えていることもあって、夫と二人だけで向き合う生活に不安や恐れを抱き、父親に庇護された過去の時間に退行しようとしているようだ。[*8] 信吾が菊子に保子の姉の面影を求めていたように、菊子の側も、自身の父親と重ねて信吾を見ているのである。

もう一つ、秋山公男が、「信吾・菊子ともに自然の美や季節の推移に敏感な、繊細な感受性の持ち主であることに、両者が心を寄せ合う『理由』の一端が求められよう」[*9] と指摘しているように、信吾と菊子を結びつけているのは、いわゆる花鳥風月の趣味、身近な自然をいつくしみ、それに慰藉を求めようとする気質である。二人は頻繁に花や木、動物や鳥を話題にしている。信吾は、

「昔、田舎で、保子の姉さんにすすめられて、ちよつと、俳句をひねつたことがあつた」（「秋の魚」五）というが、菊子も、茶道や華道を嗜んでいるようで、それらの伝統的な芸術によってはぐくまれた自然への愛着を共有している。房子が、「鎌倉や御仏なれど釈迦牟尼は美男におはす」という与謝野晶子の人口に膾炙した歌を知らないことに信吾は啞然とするが、菊子には、「晶子の歌碑も見て来たよ」、「晶子の字で（釈迦牟尼は……）となつてゐたよ」（「春の鐘」三）と語っているので、菊子はある程度短歌の素養も持ち合わせているのであろう。次のような場面がある。


「あの桜の枝は、刈りこんだことがないから、わたしは好きなんだ。」

「小枝が多くて、花がいつぱいつきますから……。先月の花盛りに、仏都七百年祭のお寺の鐘を、お父さまと聞きましたわ。」

「さういふこともおぼえてゐてくれるんだな。」

「あら。私は一生忘れませんわ。鳶の声を聞いたことだつて。」（「都の苑」三）

伝統的な風雅の心を共有していることが二人の結びつきを強めているようだ。

信吾と菊子は、過去へ退行しようとする傾向と伝統的な花鳥風月趣味を共有しているわけだが、この二つは無関係でないかもしれない。というのも、花鳥風月趣味とは、季節の循環が繰り広げる自然の風物を愛することであり、過去から未来への発展とか成長とかの契機を含まないものだからである。和歌や俳句などの伝統文芸は、歴史の興亡とか個人の成長などを内に含む直線的時間でなく、四季折々の変化はあっても、年々歳々同じサイクルを刻む循環的な時間に立脚する芸術である。信吾と菊子は、循環する時間に身をゆだねることで、現在彼らに課せられている切実な課題から目を背けようとしているのではあるまいか。

　彼らに課せられた課題とは、信吾の場合は死に向き合うことであり、菊子の場合は、父性的庇護への依存を断ち切って、夫と直に向き合うことである。この二つを同時に可能にするのは、信吾・保子夫婦と修一・菊子夫婦の別居であり、別居こそ、循環を断ち切り、信吾と菊子を人生の新しい局面に立たせるものなのである。

　最終章の「秋の魚」に至って、信吾は「菊子、別居しなさい」と強く言い出す。二度目の別居の勧めである。前のは、「菊子たちは別居してみる気はないかね。」（「夜の声」四）と、不承不承に申し出た弱々しい言い方であり、菊子に押し切られて、うやむやになったのだったが、今度は強硬である。「よろこんで」お父さまに「どんなお世話でもさせていただけると思ひますの」（四）という菊子を、「菊子がわたしによくしてくれるのは、わたしを修一と錯覚してなんぢやないの？それで、かへつてなほ修一にへだてがあるやうに思ふんだよ」（同）と冷静に押し返している。その日の夜には、「さう言へば、ここには（家族が――藤尾）三組集まつてゐて、家が三つあるべきかもしれなかつた」（五）と感じており、別居を家族の本来の自然なあり方と受けとめている。

　信吾がみずからの体現する古風な道徳観が、生命の解放に不自然なゆがみを与えていると認識したことにはすでに触れた。小林裕子が適切に論証しているように、菊子は、「修一との官能的結合が強まること」によって、「娘から女への成熟を遂げ」[*10]ようとしている。彼女は父性的な庇護を求めようとする惰性をなかなか克服できないでいるが、他方では、修一との性の営みに、歓びと満足を見いだしてもいて、健全な成熟に近づきつつある。信吾は、別居を申し渡すことによって、彼女の生命が健全な方向に解放され、大きく成長していくことを望んでいるのであろう。

信吾の世代ではいびつな発達しか遂げられなかった生命が、菊子や修一の世代で健全な開花を見せ、大きく成長していくこと、――このような世代を超えた生命の成長と発達を思い描いたことも、信吾に死を受けいれさせた要因であろう。自己の生を、一回限りで終わる個別的なものではなく、祖先から受け継ぎ、次の世代に受け渡される大きな血統の流れのなかに位置づけることができれば、自身の死もなにがしか受けいれやすいものになる。鶴田欣也は、「『秋の魚』の信吾は時間を循環的に考えている。生命は変化しつづけて、絶えることがない輪のようであるという考え方である」と述べ、この点でも卓越した指摘を行っているが、「循環的」な時間意識というよりも、「循環」を内含した発展もしくは進歩と考えておくべきだろう。信吾は、信州にある、荒廃した保子の親の家に手を入れ、自分たちの「隠居」のための場所か、修一たちの「疎開」のための場所にしようとしている(「秋の魚」三)。このことも世代から世代への継承に関して信吾が新たな認識を持つに至ったことを裏付けている。

磯貝英夫が、「古い家は解体するだろうが、(中略)それがかならずしも否定形ではつづられていない」[*11]と指摘しているように、戦前の家の制度に見られるような世代と世代の相互依存を、循環と停滞をもたらすものとして否定し、各世代が自立した新たな家族のあり方を肯定しているのである。前に戦後の性の解放が『山の音』で肯定的に受けとめられているのを指摘したが、家族に関しても新しい制度を積極的に受け入れようとしているのである。

冒頭で述べたように、鶴田論文への批判の眼目は、信吾が死を受容できるようになった理由に関する理解に賛同できない点と、死の受容と表裏をなす、息子夫婦に別居を申し渡す過程に関する言及が欠如している点であった。前者に関する本章の説明は幾分錯綜している観があるので、ここで確認しておきたい。

信吾が死を受けいれられるようになったのは、第一に、彼の理想化してきた女性像の抑圧的な性格を認識したからであった。信吾は、彼が理想化する「聖少女」ふうの女性像が、性を罪悪視する古風な道徳観によって安全・無害なものとして押しつけられたものにすぎず、自己の内部には、その道徳観と相いれない、みだらな欲望が息づいていることを自覚せざるをえなくなった。信吾は、義姉の記憶に回帰することで、死の恐怖を回避していたのだったが、義姉に体現される理想像自体が不自然な抑圧と欺瞞の産物だったのである。死の恐怖をやり過ごそうとして、そういう理想像にしがみついているみずからの姿勢に、懐疑の目を向けざるをえなくなったのである。

また、修一との夫婦関係の深まりによって菊子が性的に成熟したために、義姉のイメージと菊子を同一化できなくなった結果、死を回避するすべを奪われ、死に向き合わざるをえなくなったという側面もあっただろう。

第三の理由は、性の解放を享受できることは、確かに羨望すべきことだが、必ずしも喜ばしい面ばかりではなく、人間のあさましさ、卑小さを突きつけられるという側面があると認識したことである。信吾は、痴情に狂った男女の活劇を演じるよりも、淡く、ささやかな満足にとどめて置く方が望ましいと判断したのである。信吾は、不自然な性道徳に縛められて、不充足感を残した自己の生を、半ば諦観を伴ってではあろうが、容認できるようになったのである。

第四の理由は、今しがた述べたように、自己の生を、祖先から受け継ぎ、次代に伝えていく、大きな生命＝血統の流れのなかに位置づけることができたことである。

以上の四つの理由によって、信吾は死を受容するに至ったのである。


伊藤初代との悲恋を描いた「非常」（大13・12）に、「私は前々から十六七より年上の女にはなんの魅力も感じないといふ病的な好みに捕へられてゐた」（一）とある。「父母への手紙」（昭7・1〜9・1）にも、「私がどういふ女を愛するかも申し上げませうか。（中略）いつも子供と大人との間くらゐの年頃の女に限られてをります。大人になり切つた女に深い愛着を感じることは先づありません」（「第一信」）と記されている。川端が少女を主人公とする多くの作品を書き、少女小説に手を染めたことを考慮すれば、「非常」にいう「病的な好み」は川端の共有するものであったと考えられる。『山の音』は、信吾の形象を通して、過去の自身を俎上に載せ、冷厳なメスを加えて、それを否定して乗り越えようとする性格をもった作品であった。『山の音』の作者自身が、停滞を脱して、自己を新たな局面に立たせようとしているのである。

『山の音』は、伝統を受け継ぐとはどういうことかを主題にするとともに、方法的にもその伝統理解を実践した作品と言えるのではないだろうか。

敗戦直後の一時期、川端は古い日本の伝統に復るという意味の発言を繰り返していた。たとえば、「哀愁」（昭22・10）では、「敗戦後の私は日本古来の悲しみのなかに帰つてゆくばかりである。私は戦後の世相なるもの、風俗なるものを信じない」と述べている。この言葉からは、偏狭な伝統主義や国粋主義に居直ろうとしているとも受け取られかねないが、『山の音』における川端の態度は、相当に柔軟で、開放的なものである。

伝統を受け継ぐことは、過去に固執することではない。過去の理想に執着し続けた信吾の不毛な生に明らかなように、それは循環と停滞しかもたらさない。『山の音』で性の解放や新たな家族制度が肯定的に受けとめられていたように、新しいもの、外来のものを必ずしも排除せず、必要に応じて受け入れるべきである。各世代が先行世代から受け継いだ遺産とともに、新たに手に入れた武器をも活用し、自己に固有の課題を解決すべく生きていく。そうした生の累積が一国の文化と文明に発展と進歩をもたらし、結果として豊かな伝統をはぐくむことにもつながる。――『山の音』が差し出している伝統継承に関する認識は、このようなものではなかったであろうか。

『山の音』はこのような伝統認識を方法的に実践した作品でもある。この作品が謡曲「菊慈童」を踏まえていることは、鶴田欣也の指摘するところである。細島大は、それに加えて、「紅葉狩」とも関わりがあると指摘し、「『山の音』という作品には、日本の伝統的な古典芸能、能の世界を巧みに取り入れ、そのことによって、より深い味わいを持つ、重層的な作品世界を獲得し得ている」[*12]と述べている。小道具としてではあるが、能面や渡辺崋山の絵、蕪村などの俳句が、作中人物の心象を表現するのに絶妙な役割をはたしている。古い芸術作品が現代に再生し、新たな価値を与えられているかのごとくである。信吾の生活は、花鳥風月趣味に立脚する美的生活ともいうべきもので、いかにも日本的な享楽主義の小世界を具象化している。

私の知識と能力の限界のために、これ以上の例証はできないが、この貧しい説明によっても、『山の音』が伝統文化の遺産を受け継ぎながら、現代的課題に応ずべくそれに新たな生命を吹き込んで、独自な世界を形成していることは明らかであろう。

このような伝統継承のあり方は、『山の音』だけでなく、『雪国』（昭10・1〜22・10）や『千羽鶴』（昭24・5〜26・10）、また『眠れる美女』（昭35・1〜36・11）など、中期以降の川端の多くの作品に共通していることは言うまでもない。

第七章

『みづうみ』の「魔界」——〈無常〉への抵抗とその帰結

一

『みづうみ』（昭29・1〜12）の主人公桃井銀平は、トルコ風呂の湯女に次のように語っている。

君はおぼえがないかね。ゆきずりの人にゆきずりに別れてしまつて、ああ惜しいといふ……。僕にはよくある。なんて好もしい人だらう、なんてきれいな女だらう、こんなに心ひかれる人はこの世に二人とゐないだらう、さういふ人に道ですれちがつたり、劇場で近くの席に坐り合はせたり、音楽会の会場を出る階段をならんでおりたり、そのまま別れるともう一生に二度と見かけることも出来ないんだ。かと言つて、知らない人を呼びとめることも話しかけることも出来ない。人生つてこんなものか。さういふ時、僕は死ぬほどかなしくなつて、ぼうつと気が遠くなつてしまふんだ。この世の果てまで後をつけてゆきたいが、さうも出来ない。この世の果てまで後をつけるといふと、その人を殺してしまふしかないんだからね。」

たまたまめぐり会った美を手放したくないという思い、出会いがもたらした至福の時をこのまま手中にしておきたいという思いが、銀平に女の後をつけさせる。「一期一会の縁」のままに決別することを肯んじない、〈無常〉の原則への抵抗が追跡の動機である。時の流れを押し止め、〈無常〉を超克することが事実上不可能であるゆえに、美を手中に収め続けるためには、「その人を殺してしまふしかない」のであろう。

ちなみに、軽井沢のトルコ風呂を出るときに、銀平は、目白が二三羽引っかかった「蜘蛛の巣の幻」を目に浮かべる。蜘蛛の巣に捕らえられた目白は、銀平に追跡された女のメタファーであろう。蜘蛛の巣は、去って行く女を引き留めようとする銀平の追跡、逃げ去っていく時間を押しとどめようとする、〈無常〉に対する抵抗のメタファーである。

銀平に二十万円の入ったハンド・バックを投げつけた宮子も銀平と同じ傾向を潜めた女性だが、投げつけた瞬間を次のように振り返っている。

二十万円は宮子にとつて、若い身を半死白頭の老人にまかせ、花のひらく短い時をつひやし、いはば青春の代償で、宮子の血が流れてゐた。それが落したとなると一瞬に失はれて、宮子にはなにものも残さない。信じられないことだつた。（中略）
勿論宮子は自分がハンド・バッグを落したとは思つてゐない。銀平がハンド・バッグでなぐられたのやら、ハンド・バッグを投げつけられたのやら、明らかでなかつたやうに、宮子もなぐつたのか投げつけたのかはわからなかつた。しかし強い手ごたへがあつた。手がじいんとしびれて、腕に伝はり、胸に伝はり、全身が激痛のやうな恍惚にしびれた。男に後をつけられて来るあひだに身うちにもやついてこもつてゐたものが、一瞬に炎上したやうだつた。

有田老人の蔭に埋もれた青春が一瞬に復活し、また復讐したやうな戦慄であつた。してみると宮子にとつては、二十万円をためる長い月日の劣等感がその一瞬に補償されたやうなものだから、むだに失つたわけではなく、やはりそれだけ払ふ価ひがあつたのだらうか。

追跡される側にも、流れ去る時間を逆戻りさせて、別の生の可能性を生きたいという願望があり、それが男の追跡を誘発するのであろう。宮子が追跡する銀平にハンド・バッグを投げつけたのは、有田老人とともに過ごした時間（それこそがハンド・バッグの二十万円をもたらした）を抹消したいという衝動に突き動かされたものかもしれない。

〈無常〉への抵抗の意志は、流れ去った時間が形成する現在の生とは別個の生を希求することであるから、現状の否認であり、現実の秩序を超克・破壊しようとする危険性を潜めている。高校教師の銀平が教え子の久子の後をつけるケースなどは、単に〈無常〉の原則に抵抗しているだけでなく、市民的秩序を支える倫理的原則への侵犯でもある。

久子が銀平の愛を受けいれたのは、彼女が父親を愛しており、その父と銀平を同一化したためであろう。久子は父が患う水虫に銀平も罹患していると信じていた。教師の役割と父親の役割とは、かなり近似してもいる。このような共通性のゆえに、父親への欲望が銀平に投射されたのである。「久子は銀平に後をつけさせるやうな魔力をただよはせ、その銀平の追跡を久子のうちに秘められたものが受け入れたではないか」とあるが、久子の「魔力」とは、父を愛したいという反秩序的な欲望を所有していることであり、それが美を追い求めて市民的秩序を侵犯することも顧みない銀平の情熱と呼応し共鳴したのであろう。

有田老人は宮子を「魔族」と呼んでいるが、「魔族」とは、どうやら美や快楽を追い求めて、〈無常〉の原則に抵抗する者、と同時に市民的秩序を支える倫理的原則を逸脱した者の謂いであるらしい。

有田老人は、久子の転校した高校の理事長を務める実業家で、いわば市民的秩序を代表する側の人間である。教職を失った銀平は、彼の演説の草稿を代筆していた。有田老人はまた、銀平が「魔界」の住人となって、後をつけた宮子を妾として囲う男性でもある。後に述べるように、銀平は女の後を追いつつ、実は母を求めていた。一方、「七十近い老人」の有田も、「二十五の宮子に母性を渇望してゐる」。有田老人は、いわばもう一人の銀平なのである。銀平に安定した地位や財産があれば、有田老人のように生きることも可能であり、内部の「魔」を発現させるまでに至らなかったかもしれない。

羽鳥徹哉は、「銀平が憧れにとりつかれた時、我を忘れ無我夢中で女を追いかけ、それが結果的に自分の生活の破壊に連なっても顧みない所があるのに対して、有田は決して自己の生活を壊そうとしない（中略）。（中略）有田は、梅子、宮子を囲いこんでそこをはけ口とし、それ以上の危険は犯さない。自分の憧憬を管理することを知っているのである。それ故有田は世の成功者となり、銀平は落伍者、アウト・ロウになっている」[*1]と指摘している。その通りであろうが、銀平と有田が分身的な関係として位置づけられていることを考慮すれば、両者の相違は絶対的なものでなく、相互に反転しうる相対的なものと考えておくべきだろう。有田が銀平になり、銀平が有田に変わる可能性も排除できないであろう。

恩田信子の告発にあって以来、銀平と久子は、戦争で焼けた邸跡の空き地で逢い引きを重ねた。辺りは大方新しい家屋が再建されつつあったが、そこは焼け残った塀に遮られて、人目を逃れることのできる場所であった。

銀平と久子のアヴァンチュールが戦争のもたらした無秩序のなごりをとどめた場所で行われるのは、彼らの反秩序的な性格の恋愛にふさわしい。注目したいのは、その同じ場所に、その後久子の新婚の家が建てられたことである。久子は結婚によって秩序の側に復帰した。その久子が、かつて反秩序的な愛欲に溺れた場所で新婚家庭を営むというのは、一見秩序に収まったかに見える新しい生活が、その根底に依然として反秩序的なもの（たとえば実の父への愛情）を潜めていることを物語っているだろう。

以上二つの事柄は、「魔族」や「魔界」が外見ほど特異なものではなく、健全な市民のなかにも潜んでおり、時と場合によっては、その人を拉して「魔族」たらしめかねない危険性を潜めていること、市民的秩序とは、危険な衝動に金の力で捌け口を与えることとか、深層の欲望を自己欺瞞によって隠蔽することとかによって、かろうじて保たれている、危ういものにすぎないことを示している。銀平は、私たちのなかにも潜んでいる。

二

銀平の初恋の相手は、従姉のやよひであった。「銀平が母方のいとこに初恋をしたのも、一つには母をうしなひたくないといふ願ひを秘めてかもしれない」とあるように、恋の動機には母が関わっていた。銀平の父の不可解な死の後、母は実家に帰りたがっていた。母とやよひの父は「きやうだい」だったから、やよひとの関係を深めることは母とのつながりを保ち続けることを意味した。銀平の場合、このような特殊な事情から初恋は母への思慕と不可分な関係にあったが、一般的に言っても、男性の恋愛感情は母性思慕と深く結びついている。

『眠れる美女』(昭35・1〜36・11)の主人公江口が、「最初の女は母だ」(その五)と思い至ったように、エディップス期以前の男児は、母親とともに蜜月的な至福感のうちに生きているが、父親に欲望の断念を強いられ、それを意識下に抑圧せざるをえなくされる。母という対象を失った男性にとって、後に出会うすべての恋人は、母の代理であり、形代である。銀平にとって、やよひへの恋と母への思慕とは不可分一体であったが、このような彼の初恋は、母への欲望を潜在させた、男性一般の恋愛の性格を絵解きするものである。

母は、女性に対する男性の憧れと情熱の源泉であり、ふるさとのごときものである。多くの指摘があるように、銀平の回想に頻繁に現れるふるさとのみずうみは、母の象徴である。みずうみもまた、多くの河川の源泉であるのと呼応している。

銀平の母親は、銀平が十一歳のとき、銀平を残して、みずうみのほとりにある実家に帰ってしまった。これも、銀平の個人的な生い立ちにとどまらず、男性一般の運命を表している。男性は、最初の恋人としての母に対する欲望の断念を強いられ、母と一体化した至福の時間から引き離されて、単独の生を歩むべく余儀なくされるからである。

銀平が女の後をつけるのは、美との出会いという恍惚の時間が逃げ去っていくのを追いかけることであるのは先に述べた。彼が美しい女性のなかに母の面影を追い求めているのだとすれば、銀平が追いかけているものが、単に今過ぎ去ろうとしている時間だけでないのは明らかである。石田忠彦が、「銀平が後をつける美女の根源には、古里の『みづうみ』の美しさに象徴される亡くなった美しい母の面影があ」り、「母性への追慕が、美女の後をつけさせ[*2]」ると指摘しているように、銀平は美女を追いかけつつ、同時に彼を捨ててふるさとに帰ってしまった母を追いかけているのであり、母とともに過ごした比類のない時間にまで溯行しようとしているのである。

「教師と教へ子でありながら久子を愛した日々が、銀平のこれまでの人生でもつとも幸福な時であつたやうに思はれる」とあるように、久子とともに過ごした時間は、銀平の人生で最も輝かしい時間であった。が、それは短い期間に急速に破綻を迎えた。すべてが終わったことが判明したとき、銀平は、「どこかへ行かう。二人で遠くへ逃げよう。さびしいみづうみの岸へ、どう」と持ちかけている。銀平にとって久子と過ごした時間は母とともにしたあの無二の時間の再現だった。

久子との関係が現実的な発展の道を塞がれたとき、その関係の根底にあった母への思慕が露頭したと見ることができる。

どうやら桃井銀平は、単独の個人として描かれているのではないようだ。彼の恋愛の性格や母からの離反は、銀平個人の運命だけでなく、男性一般のそれを表してもいる。私たちは、桃井銀平のなかに、私たち自身の問題を読みとることを求められているわけだが、それだけではない。銀平は、芸術家の生と運命を象徴する存在でもある。これについては終章で触れる。

三

有田老人は銀平の分身とも言える存在（財産に恵まれた銀平）であった。その有田は、宮子に母を求めるとともに、美の理想を体現することをも求めている。

有田老人が宮子を若いと言ふのは、宮子の若さを老人が歓喜し思慕してゐるからだと、宮子にも感じられる。宮子の顔の娘らしさが失はれたり、からだのしまりがくづれたりすることを、老人はおそれ悲しむのだ。（中略）宮子の若さを切望する一方でまた、七十近い老人が二十五の宮子に母性を渇望してゐる。

「有田の生みの母は二つの時に離縁され」て、有田の前から去った。有田はその後継母から苛酷に扱われたとのことだが、実母を慕う思いが、胸中の理想的な女性像と実母を重ね合わさせることになったのであろう。

事は、銀平においても同様である。冒頭のトルコ風呂の湯女は、からだを洗ったりマッサージをしたり爪を切ったりと、行き届いた奉仕をすることで、銀平の心の深層に沈んだ、母に関する記憶を活性化したはずである。銀平はその女の声を、「天女のやうな声」、「永遠の女性の声か、慈悲の母の声」、「天使の愛のささやき」とまで形容している。銀平の魂に住みついた母は、この上なく理想化されて、天上的な美を体現するまでに至っているのであろう。母は女性思慕の源泉であるが、源泉であることにおいて、女性美の理想的な鋳型、美のイデアとも化しているようだ。

前節では、みずうみを母の象徴と解した。その母がイデア的な美を体現しているとすれば、みずうみはイデア界でもあることになる。そうすると、「どこかへ行かう。二人で遠くへ逃げよう。さびしいみづうみの岸へ」という銀平の言葉は、時の影響を受けないイデア的な世界への誘いを意味することになる。このとき、久子との関係がまさに終わろうとしているのを考えれば、時を超越した世界へのいざないは理にかなっている。

ちなみに、プラトンは、現在地上的存在に堕落している人間は、かつてはイデア界の住人だったと説いた。このプラトンの考えには、エディップス・コンプレックスに関するフロイトの学説と共通するものがある。両者は、私たちが楽園を追放された存在であり、それゆえ楽園への思慕と憧憬を負わされていると考える点で共通している。

銀平は、足の醜さに一貫して劣等感を抱いている。「銀平ちゃんの猿みたいな足は、お父さんそつくりだわ。うちの方の血筋ぢやないわ」という残酷な言葉を、やよひから投げつけられてもいる。やよひと母が不可分一体の存在と受けとめられていたのを考慮すれば、母から捨てられたのも、足の醜さゆえと意識されていたかもしれない。足の醜悪さについて語った次のような一節がある。

女の後をつけるのも足だから、やはりこのみにくさにかかはりがあるのだらうか。思ひあつて銀平はおどろいた。肉体の一部の醜が美にあくがれて哀泣するのだらうか。醜悪な足が美女を追ふのは天の摂理だらうか。

先に述べたように、銀平は女を追いつつ、同時に母を追い求めていた。その母は、実在の母親を離れて、天上的な存在、美の絶対的な理想を体現する存在にまで押し上げられていた。とすれば、銀平の存在を地上の生に括り付けている足は、銀平が地上的存在であること、さまざまな限界を負った相対的な存在にすぎないことを象徴するものだと理解できるだろう。私たちは、制限された美しか所有できず、その所有した美さえ、時の経過のために失わざるをえないなどの限界を負っている。銀平の「醜悪な足」は、地上的存在であることが必然的に伴う、そのような限界を象徴しているのである。「肉体の一部の醜が美にあくがれて哀泣するのだらうか。醜悪な足が美女を追ふのは天の摂理だらうか」とあったように、銀平は、——というよりも、私たちすべては、みすぼらしい地上の生に縛りつけられた存在であるゆえに、天上的な美への憧憬を抑えがたいのである。

女の後をつける銀平の行為が〈無常〉への抵抗だと述べたが、今確認したように、それは同時に、永遠の美、絶対的な美を追い求めることでもあった。が、両者は結局のところ同じことである。永遠の美を求めること自体、〈無常〉に苛まれる生を生きざるをえない私たちにとっては、〈無常〉に抵抗することを意味しているからである。

町枝は、「天上の匂ひ」を漂わせた、「聖少女」とされる人物である。十五歳の若さゆえに、私たちを苛む〈無常〉の影響をいささかもとどめず、理想的な美を体現しえた少女ということだろう。

天上的な美を追い求める銀平は、もちろん彼女の後をつけ、声まで掛けるが、歯牙にも懸けられない。銀平が町枝を目にする直前、六七人の子どもたちが、「ぢいさん、ばあさん、腰抜かし」云々と歌いはやしながら、老人の所作をまねる悪ふざけに興じていた。これは、今を盛りに輝く町枝に近づこうとする銀平が、〈無常〉の颪に曝され、男性としての魅力をすでに失っているのを予告するものである。かつては教え子の久子を魅了した銀平だったが、落ちぶれ果てた現在は、以前の魅力を片鱗もとどめない、哀れな状態に沈湎しているのである。

蛍狩の場面で、銀平が町枝の腰に蛍の籠をつるすのは、悪意を含んだ皮肉である。今のあなたの天上的な美しさも、この蛍の命と同じようにはかないものでしかない。あなたもやがて、〈無常〉の力に苛まれて、地上的存在であることの悲哀をかこたざるをえない時がくるだろうというほどのメッセージを与えようとした行為であろう。

と同時に、この行為は、銀平自身に向けられたものと考えることもできる。町枝が理想的な美しさに輝いて見えるとしても、蛍の命のように、つかの間のこと、一時的なものにすぎないのだから、執着するに値しないと、自身に向かって言いきかせようとしているとも理解できる。

町枝に相手にしてもらえない銀平は、みずからが相対的存在でしかない悲哀を身に沁みて感じたことだろう。そのとき彼の脳裏に、赤子の幻影が浮かぶ。次の一節は、銀平が町枝の恋人の水野に近づき、毒を含んだ言葉を掛けたあげく、彼から突き飛ばされたときのことを回想し、そのときのシーンを再演するかのように、みずから土手を落ちる場面である。


「ばかつ。」と叫ぶと銀平は土手をころがり落ちた。自分ではうまくころがらない。アスフアルトの道に落ちる時、片手で土手の青草につかまつてゐた。起き上つて、その片手の匂ひをかぎながら、土手下の道を歩いて行つた。赤子が土手の土のなかを銀平につれて歩いて来るやうでならない。

銀平は、久子との関係が破局を迎えたときにも、彼らがしばしば逢い引きに使った場所に雪が積もっているのを話題にして、「雪の山の下に赤んぼが埋まつてゐるやうな気がした」と、「奇怪なうはごと」を口にしていた。

幻想に現れる子どもは、空襲が激しかった頃、銀平がしきりに通っていた娼婦が、「銀平さまの子です」という手紙を付けて、銀平の寄寓する素人下宿の門口に置いていった嬰児である。銀平は、はたして自分の子かどうか怪しいうえに、学徒出陣を直後に控えていた頃だったので、女のいた家の裏口に嬰児を置きざりにして戻ってきた。その家へはこの「七八ヶ月も行」っていなかったので、「赤ん坊をおいて来た時もなほもとのままの娼家であつたかどうか」不確かであった。

子どもはこの世の〈無常〉に翻弄された犠牲者といえる存在である。久子との短い恋が破局を迎えたとき、あるいはかつての魅力をすでに失いつくしているのを認めざるをえなくされたとき、――つまり銀平自身がこの世の〈無常〉を痛感せざるをえなくされたとき、〈無常〉に翻弄された小さな犠牲者の幻影が現れるのは、もっともなことである。

銀平が捨てた子どもは、「女の子であつたのに、銀平をなやますその子の幻は、不思議と性別が明らかでない」。銀平自身も、彼が十一歳のときに実家に戻った母親から捨てられた子であり、彼自身の影が子どもの幻影に投影されているのである。子どもの幻影は、母と過ごした輝かしい時から遠く隔てられ、絶対の美を求めても手の届かない悲哀、――銀平のみならず、私たちのすべてに負わされた悲哀を象徴するものであろう。

天上的な美を体現する町枝との距離を自覚せざるをえなくされた銀平は、上野の陋巷で、四十がらみで、男のような印象の、醜い女と出会い、酒を酌み交わすことになった。なりゆきから女と一夜をともにする羽目に陥りかけたが、すんでのところで身を翻し、逃げ帰った。理想的な美へのあこがれと、母を回復しようとする願望が報いられないのを知った銀平は、地上の生を受けいれる方向に傾きかけたのであった。が、結局は憧憬を手放せなかったのである。癒されることのない望みを抱えたまま、銀平の彷徨は以後も続くことになるのだろう。

もっとも、物語言説の末尾の、この出来事は、実際には、宮子を追跡して、ハンド・バックを投げつけられた出来事よりも以前に位置する。その後の銀平が相変わらず美女の追跡を続けているのは、母性や絶対的な美への憧れを断念していないことをはっきりと示している。

ところで、銀平の父の屍体は、みずうみに浮かんでいた。母と同様、父の場合にも、抽象化された造型がなされており、どのような事情からみずうみで最期を迎えることになったのか一切書かれていない。「母の美しさよりも父の醜さの方がはつきり心に刻みつけられてゐる」とあるので、醜い男だったようだ。家格も隔たりのある母と結婚することはできたが、母との結婚生活が幸福なものであったとは思えない。その後は母から疎まれ通したのかもしれない。父もまた短い至福の時に恵まれはしたが、その後は楽園から追放された生を生きざるをえなかったのであろう。つまり、父は銀平の原型であった。

では、その父がみずうみで死んでいたのは、どういうことか。みずうみは、母性と絶対の美の象徴であった。この両者は、私たちの思慕と憧憬を誘ってやまないものでありながら、私たちの手の届かない彼方に存在するものであった。父の屍体がみずうみに浮かんでいた事実は、銀平がしだいに転落の度を深めていく生を生きていることにも示されているように、母性や絶対の美にこだわり続けることが、結局のところ、野垂れ死にや行き倒れに類した悲惨な運命に行き着くことを示している。その後の銀平が追跡をやめていないのを考えれば、大岡昇平[*3]をはじめ、多くの人々が指摘するように、銀平が父と同じ運命をたどるのはほぼ間違いない。

母性と絶対の美という、失われた楽園を追いもとめる銀平の探求は、もともと不可能な企てであった。それは、蜃気楼や逃げ水を追うのに似た徒労な行為である。私たちの住むのが〈無常〉に支配された相対的な世界である以上、銀平に充足や安息が与えらることは永遠にないであろう。銀平の父の死は、ただ一つ死だけがそれを与えられることを示している。しかし、私たちの生がみすぼらしく平俗な現実世界に拘束されているかぎり、私たちの内部にも、もう一人の銀平が息づいているに違いない。

第八章

『眠れる美女』——母性と救済

一

『眠れる美女』（昭35・1〜36・11）の「秘密のくらぶ」に集う老人たちは、美女たちに性的に惹きつけられながら、彼女たちと交わりを持てない。主人公江口は、六十七歳であるが、道楽をしてきたおかげで、男性の能力を保持しており、事実、秘密の家でも、何度か眠る美女を犯そうとする。が、結局はこの家の禁制に従って、思い止まっている。この状況は何かに似ていないだろうか。

男児は四、五歳の頃、母親に性的な牽引を感じるが、結局欲望の断念を強いられる。母への欲望は、無意識下に抑圧されて、その後に出会う女性に捌け口を見いだすまで封印される。『眠れる美女』の、欲望の対象を目の前にしながら、事に及べない老人の姿は、エディップス期の少年そのままではないか。江口が、次のように、眠る美女に母性を感じるのは、美女にエディップス期の幼児の目に映る母を想起しているからではあるまいか。

老人は夜半の悪夢なども忘れて、娘が可愛くてしかたがないやうになると、自分がこの娘から可愛がられてゐるやうな幼さへ心に流れた。娘の胸をさぐつて、そつと掌のなかにいれた。それは江口をみごもる前の江口の母の乳房であるかのやうな、ふしぎな触感がひらめい

た。（その二）

「江口をみごもる前の江口の母の乳房であるかのやう」に感じられるのは、眼前の処女に母の記憶が投射され、両者が融合して受けとめられているからであろう。引用文の始めに、「夜半の悪夢」とあるのは、二つの夢で、一つは、四本のあしをもつ女に抱きつかれて、二本よりも、「はるかに強いまどはし」（その一）を感じるという夢である。もう一つの夢は、江口の娘が畸形児を出産するというもので、産婦は産んだ後、畸形児を切り刻んでいた。

性愛の対象が母だとすれば、前の夢で女が四本のあしをもっているのも納得がいく。通常の性的なパートナーを逸脱した存在だという事実が、四本のあしという異常な形象につながったのであろう。生まれた子どもが畸形児だというのも、肉親との交接が畸形児の出産を導きやすいからである。近親相姦への怖れが、畸形児の出産という形で現れていると解釈することもできる。

後の夢では畸形児を出産したのが、娘となっていた。娘は母の置き換えと理解してもよいだろう。が、娘も、母と同様、性的欲望の対象になりうるが、やはりその欲望を禁圧すべき存在であるゆえに、禁制に妨げられて欲望の断念を強いられる眠れる美女に娘の面影が投影されていると考えることもできる。しかし、娘への欲望自体が、母への欲望の転移であり、若返った母の面影を娘に見いだした結果喚起された欲望と理解しておくべきだろう。

江口が最初に美女の眠る部屋に足を踏み入れたとき、「赤んぼの匂ひ」の幻覚に襲われるが、人生の最晩年の男性の状況が、人生の最初のころの状況と近似していることに根差す幻覚であろう。ひとは年をとると、赤ん坊に返るとは俗諺の言うところだが、性的な欲望の断念を強いられるという面でも、老年は幼少期と近似している。

江口は、最初に秘密の家を訪れた後、「二度とふたたび『眠れる美女』の家へ来ることがあらうとは思はなかつた」(その二)が、魔力に誘われるかのように五度にわたって足を運ぶことになる。江口を誘ったのは、母への思慕と欲望だったのであろう。

江口は、眠れる美女が老人たちに与える「功徳」について、次のように感じている。

眠らせられてゐる若い女の素肌にふれて横たはる時、胸の底から突きあがつて来るのは、近づく死の恐怖、失つた青春の哀絶ばかりではないかもしれぬ。おのれがをかして来た背徳の悔恨、成功者にありがちな家庭の不幸もあるかもしれぬ。老人どもはひざまづいて拝む仏をおそらくは持つてゐない。はだかの美女にひしと抱きついて、冷めたい涙を流し、よよと泣きくづれ、わめいたところで、娘は知りもしないし、決して目ざめはしないのである。老人どもは羞恥を感じることもなく、自尊心を傷つけられることもない。まつたく自由に悔い、自由にかなしめる。してみれば「眠れる美女」は仏のやうなものではないか。そして生き身である。娘の若いはだやにほひは、さういふあはれな老人どもをゆるしなぐさめるやうなのであらう。(その三)

夏目漱石は、「硝子戸の中」（大4・1・13〜2・23）に、夢で大金を盗んでおびえる幼い漱石を、「心配しないでも好いよ。御母さんがいくらでも御金を出して上げるから」（三十八）と、母が慰めるエピソードを書き記している。『みづうみ』（昭29・1〜12）の有田老人も、愛人の宮子に母を求め、彼女から慰藉と救済を得ている。すでに関口のぞみ[*1]や森本穣[*2]に指摘があるように、有田の人物像は『眠れる美女』の老人たちの先蹤である。老人たちの罪や悔恨を許し、慰める存在として、若い娘よりも、母の方がふさわしい。眠れる美女が「仏」の役割を果たしうるのは、彼女たちに母が投影されているからである。

二

江口は、眠る美女の傍らで眠りながら、かつて関係した女性の記憶を呼び起こしている。が、末尾の「その五」に至って、「最初の女は母だ」と思い当たる。これは、エディップス・コンプレックスの理論に照らしても真理である。母に対する欲望の断念を強いられた後の男性は、その後に出会う女性に抑圧された欲望を投射することになる。その意味で、男性が愛する女性は、母の代替、母の形代に他ならない。「最初の女は母だ」と思い至った後、江口は、次のような母の臨終場面を想起している。

母は江口が十七の冬の夜に死んだ。父と江口とは母の右左の手を握つてゐた。結核で長わづらひの母の腕は骨だけだつたが、握る力は江口の指が痛いほど強かつた。（中略）「由夫、由夫……。」と母が切れ切れに呼んだ。江口はすぐに察して母のあへぐ胸をやはらかくなでたとたんに、母は多量の血を吐いた。血は鼻からもぶくぶくあふれた。息が絶えた。

このような過去の場面を想起した後、江口は眠りに就く。「いやな色情の夢」に襲われた末に、次のような夢を見る。

江口が新婚旅行から家に帰ると、赤いダリアのやうな花が家をうづめるほどに咲いてゆれてゐた。江口は自分の家かと疑つてはいるのをためらつた。

「あら、お帰りなさい。そんなところでなに立つてゐるのよ。」と死んだはずの母が出迎へた。「花嫁さんが恥づかしいの？」

「お母さん、この花はどうしたんです。」

「さうね。」と母は落ちついてゐた。「早くおあがりなさいよ。」

「ええ。うちをまちがへたかと思つた。まちがへるはずはないんだが、たいへんな花だから……。」

座敷には新夫婦を迎へる祝ひの料理がならんでゐた。母は花嫁のあいさつを受けてから、吸ひものなどをあたために台所へ立つて行つた。鯛を焼く匂ひもした。江口は廊下へ出て花をながめた。新妻もついて来た。

「まあ、きれいな花ですわね。」と言つた。

「うん。」江口は新妻を恐れさせぬために、「うちにはこんな花はなかつたんだが……。」とは言はなかつた。江口が花々のうちの大輪をみつめてゐると、一枚の花びらから赤いしづくが一つ落ちた。（その五）

最後の「赤いしづく」は、鶴田欣也の指摘するように、「新婦の処女性の喪失」[*3]を表している。が、本体の赤いダリアの方は、花に埋もれる家で母が待っていたことから、母が臨終のときに吐いた血を連想させる。つまり、江口の結婚によって死んだ母が蘇り、母の血が新しい脈を打ち始めたと解釈できる。江口の無意識のなかに眠っていた母への欲望が新妻に投射されて蘇生したことを表している。

前にも述べたように、新妻のみならず、江口の関係するすべての女性はこの意味で母の代替、形代である。もちろん、江口が最晩年に出会った眠れる美女も例外ではない。美女たちはエディップス期の欲望の禁圧を想起させる点で、母の記憶を喚起すると先に述べたが、抑圧された母への欲望が投射される点でも、母と結びついている。赤いダリアの夢が暗示しているように、母はとうの昔に死んだはずだが、江口が新しく女性を愛するごとに、蘇っていることになる。

美女の傍らで眠る江口は、もっと長くいっしょに眠っていたいと願い、美女の傍らで死んでもいいとさえ思うようになる。

三

眠らせられた娘のそばで自分も永久に眠つてしまふことを、ひそかにねがつた老人もあつただらうか。娘の若いからだには老人の死の心を誘ふ、かなしいものがあるやうだ。（中略）

枕もとにはやはり白い眠り薬が二粒あつた。江口老人はつまみあげてみたが、錠剤には文字もしるしもないから、なんといふ名の薬であるかはわからない。娘が飲まされるか注射されるかの薬とは、もちろんちがふにきまつてゐる。江口はこの次ぎ来たら、娘とおなじ薬をこの家の女にもらつてみようかと思つた。くれさうもないが、もしもらへて自分も死んだやうに眠つてしまつたらどうであらう。死んだやうに眠らされた娘とともに死んだやうに眠ることに、老人は誘惑を感じた。（その三）

実際、江口は娘と同じ薬をもらおうと夜中呼び鈴を鳴らすが、女は現れなかった。翌朝、娘と同じ薬は老人には危険だと言う女に、「僕は心臓が強いから心配はないよ。もし永久に目がさめなかつたところで、僕はくやまないね」（同）と応じている。
第四夜の翌朝、江口は九時過ぎまで眠りを貪ったあげく、「朝飯の後で、もう一度、あの眠り薬をくれないか。お願ひだ」（その四）と所望している。女は、「なにをおつしやるんです。ものには限度がありますよ」と、にべもなくはねつけている。
江口が眠れる美女の傍らで眠ることにこだわるのは、美女が母の蘇りだからである。江口にとって、美女の傍らで眠ることは死んだ母に抱かれて眠ることを意味していた。眠れる美女の傍らで死を迎えることは、死んだ母のもとへ帰ることとして受けとめられているのであろう。

秘密の家の第五夜、江口は二人の娘と眠るが、そのうちの一人が急死してしまう。「臆病と恐怖」に襲われた江口は帰ると言い張っていたが、新しく睡眠薬をもらって、案外おとなしく女の言うとおりに、生き残ったもう一人の女の傍らで、朝まで過ごすことを承知する。一人が死んだばかりの床で、残りの夜を過ごすような異様な状況を江口はなぜあっさりと受けいれたのであろうか。一つは、睡眠薬を与えられ、もっと長く母の傍らで眠っていたいという願望が叶えられたからである。が、それだけが理由ではない。江口の眼に映った、もう一人の美女の姿が次のように描かれている。

老人が隣室への戸をあけると、さつきあわてて かけものをはねのけたままらしく、白い娘のはだかはかがやく美しさに横たはつてゐた。

「ああ。」と江口はながめた。（その五）

三島由紀夫は、「黒い娘」が死んで、度を失う江口に対して、「娘ももう一人をりますでせう」と言い放つ「宿の女」の言葉に、「没道徳的な虚無」[*4]を露呈する「非人間的な破局」[*5]を読みとった。これに対して、重松泰雄は、その直後の右の一節にこそ注目すべきだと指摘し、「最後の『白い娘』においてきわまる六体の〈風流仏〉たち」の「昇華されたエロスの『かがやく美しさ』に、やはり逆転された一つの救いを、〈肯定〉を認めてもよいのではないか」[*6]と述べている。同感だが、重松論文が、なぜここで「白い娘」が「かがやく美しさ」と形容される「昇華されたエロス」を体現しているのか、なぜ眠る美女たちが「救い」をもたらしうるのかを充分に説明しえているとは言いがたい。

江口の母が死んだのも、「冬の夜」であった。娘の一人が死んだ夜、眠りに就く前に、母の死の場面を思い出していた江口は、「黒い娘」の死を母の死と重ねて受けとめたに違いない。生き残ったもう一人の「白い娘」が輝くような美しさを放って見えたのは、蘇った母という意味合いを強められたためである。江口の愛するすべての女性は母の蘇りであるが、この場合は、直前に他方の娘の死があったために、その意味合いがいっそう強められ、生き残った美女が、他界的とも言える異様な美しさに輝いて見えたのである。

四

平山城児[*7]や小林芳仁[*8]は、『眠れる美女』に、謡曲『江口』などの古典作品の摂取が見られると指摘している。『江口』は、亡霊として現れた、有名な遊女の江口の君が、最後に普賢菩薩に変じ、白象に乗って西の空に帰っていくという物語である。右に論じてきたように、『眠れる美女』の幼い娼婦たちも、あの世から帰ってきた江口の母であり、江口を迎えとる来迎仏だったのである。

川端作品における「魔界」は、〈無常〉への抵抗と市民社会の秩序からの逸脱という二つの意味を含んでいる。『眠れる美女』は、『みづうみ』（昭29・1〜12）と同様に、両方の意味を典型的な形で備えている。江口が関係をもっているのは売春婦にすぎず、『みづうみ』の有田老人と同様、市民的秩序の枠にとどまっていると言えなくもない。が、「秘密のくらぶ」は、売春婦の側にも客の側にも死者を出している。これが法と道徳を侵犯する悖徳的な場所であるのは明白である。そういう所に通い詰める江口は、明らかに健全な市民の範疇を逸脱する存在である。

『眠れる美女』の「魔界」の特徴は、〈無常〉に抵抗して、死んだ母を追い求める主人公に、一種の救いが与えられていることである。美女を通して母を求める江口が、容易に死の恐怖を克服しているのを見ても、「魔界」が宗教がもつのと同じ機能を果たしていることが確認できる。入り口は異なるが、「魔界」は「仏界」と等しい恵みを受けることのできる場所であるようだ。

第九章

「片腕」の寓意——永遠の独身者

一

「片腕」（昭38・8〜39・1）の主人公が女の右腕を自分の体に付け替える行為は、諸家の指摘があるように、性行為のメタファーである。が、主人公が幸福感に浸るのは、むしろそれに続く、「私の血」が「娘の腕に通ひ、娘の血が私のからだを通つた」と感じられた後の部分である。女の腕と一体化した「私」の恍惚感が、次のように描かれている。

私の肩と娘の腕とには、血がかよつて行つてかよつて来るとか、血が流れ合つてゐるとかいふ、ことごとしい感じはなかつた。右肩をつつんだ私の左の手のひらが、また私の右肩である娘の肩の円みが、自然にそれを知つたのであつた。いつともなく、私も娘の腕もそれを知つてゐた。さうしてそれは、うつとりととろけるやうな眠りにひきこむものであつた。

私は眠つた。

たちこめたもやが淡い紫に色づいて、ゆるやかに流れる大きい波に、私はただよつてゐた。その広い波のなかで、私のからだが浮んだところだけには、薄みどりのさざ波がひらめいてゐた。私の陰湿な孤独の部屋は消えてゐた。私は娘の右腕の上に、自分の左手を軽くおいてゐるやうでもあつた。娘の指は泰山木の花のしべをつまんでゐるやうであつた。見えないけれども匂つた。しべは屑籠へ捨てたはずなのに、いつどうして拾つたのか。一日の花の白い花びらはまだ散らないのに、なぜしべが先きに落ちたのか。朱色の服の若い女の車が、私を中心に遠い円をゑがいて、なめらかにすべつてゐた。私と娘の片腕との眠りの安全を見まもつてゐるやうであつた。

こんな風では、眠りは浅いのだらうけれども、こんなにあたたかくあまい眠りはつひぞ私にはなかつた。いつもは寝つきの悪さにベッドで悶々とする私が、こんなに幼い子の寝つきをめぐまれたことはなかつた。

他者の肉体が自己の一部となっているのは、二人の個人が一体化を遂げていることを表しているだろう。性的結合を通して、肉体的に結ばれるのみならず、精神的にも堅く結ばれている状態である。そのときの両者は、おそらく相互に対する愛と献身の意識に占有されて、自分一個の利害心を忘れ果てているに違いない。「私」が久しく忘れていた「幼い子の寝つき」に恵まれたのは、女への愛によって幼児期と同じくエゴイズムに汚染されない心の状態に立ち返ることができたためであろう。

「娘の指」が「私」が「屑籠へ捨てたはず」の「泰山木の花のしべ」をつまんでいるのは、娘に生殖への願望があることを示している。娘は、エゴイズムを超越した愛を、自分たちの子どもにも向けてほしいと願っているのである。

娘の腕を気遣い、「私」を見守っているかに見える「朱色の服の若い女」とは、家庭の幸福の守護者といったところだろう。彼女は、娘から借りた片腕を持ち帰る「私」に、車の窓越しに頭をさげる様子を見せた。まるで嫁にやる娘を気遣う母親のごとくである。娘の母親が婿に最も期待するのは、家庭の幸福の持続のはずだから、「私と娘の片腕との眠りの安全を見まもつてゐる」かのような女は、娘の家庭が幸多く、安らかな家庭であれと念じているのだろう。彼女は、「あの女の車にもしめつぽい夜のもやは乗せてゐた。そして女のなにかが車の光りのさすもやを薄むらさきにしてゐた。女のからだが紫色の光りを放つことなどあるまいとすると、なにだつたのだらうか」のように、常に紫色と関連づけられている。すると、紫の色彩は、「家庭」に関わる色と考えざるをえない。部屋を取り囲む戸外のもやが、「桃色になつたり紫色になつたり」していると「私」が感じる箇所がある。「紫色」は「桃色」と対になる語であるようで、「桃色」が容色や肉体の感覚的・官能的な魅力を表すのに対して、それよりももう少し落ちついた色合いの「紫色」は、肉体的な歓楽の後に訪れる、家庭を持つことに伴う喜びを意味しているのであろう。

娘の右腕は、小指で四角い囲いをつくり、「のぞきからくり」と称して、「私」にそこを覗かせている。「私」が覗くと、ぼうっとした「薄むらさきの光り」のなかに、「赤や金の粟粒のやうに小さい輪が、くるくるたくさん飛んでゐ」るのが見えたものの、はっきりと見定めることはできなかった。紫が家庭を表すとすれば、赤や金の歯車は、家庭生活の内実を意味していることになる。「片腕」のなかで「赤」と関わるのは、次の一節だけである。

ある時、あるホテルで見た、九階の客室の窓がふと私の心に浮んだ。裾のひらいた赤い服の幼い女の子が二人、窓にあがつて遊んでゐた。同じ服の同じやうな子だから、ふた子かもしれなかつた。西洋人の子どもだつた。二人の幼い子は窓ガラスを握りこぶしでたたいたり、窓ガラスに肩を打ちつけたり、相手を押し合つたりしてゐた。母親は窓に背を向けて、編みものをしてゐた。窓の大きい一枚ガラスがもしわれるかはづれるかしたら、幼い子は九階から落ちて死ぬ。あぶないと見たのは私で、二人の子もその母親もまつたく無心であつた。しつかりした窓ガラスに危険はないのだつた。

これは「私」が実際に目にした情景とも受け取れるが、シュールリアリズムでないまでもそれを彷彿させる手法で書かれたこの作品を解釈するのに、リアリズムの原則にとらわれるのは無意味であろう。夢の情景と同様、映像から「私」の秘められた心情を読みとるべきである。「私」には「危険」と見えた情景が実は危険どころか、平和となごみの情景であった。理想的な女性美にこだわる「私」にとって、女性が家庭生活に入り、子どもを二人までなすのは、女性美を損なう危険なこととして受けとめられていたのである（母親が「西洋人」とされているのは、より理想的な美を体現する存在ということだろう）。ところが、「家庭」の実情は家庭を持ったことのない者が窺い知れない喜びに満ちている。「私」に危険な「赤」と見えた家庭が輝かしい「金」色を蔵していることを、片腕は小指で作った四角い囲みを通して教えようとしたのであろう。

「私」に「のぞきからくり」のなかの「幻」が見定められなかったのは、家庭の幸福を享受する資質に欠けているからである。泰山木の花のしべを屑籠に捨てているのは、「私」が子どもに興味がないことを示している。「私」が自分の横腹に触る右腕を目にして、とっさに女の腕をもぎとって、自分の腕と付け替えたのは、「私」がエゴイズムを捨てられないこと、妻や子への愛よりも、自己への執着が強いことを示している。

二

では、「私」は、自己の何に執着しているのであろうか。

娘の右腕は、「あたしは幻を消しに来てゐるのよ」、「過ぎた日の幻をね、あこがれやかなしみの……」と語っている。かつて「私」に身をまかせようと覚悟を決めた処女があった。その娘は、その直前、私の目を見つめて、「(イエスは涙をお流しになりました。《ああ、なんと、彼女を愛しておいでになつたことか。》とユダヤ人たちは言ひました。)」とふるえる声で言った。作中にも、「『彼女』は『彼』の誤りである。死んだラザロのことである」と記されているように、聖書の言葉である。武田勝彦は、これが「ヨハネ福音書」の、「イエスがラザロを復活させた秘蹟」[*1]に関わる記述であると指摘している。女は処女を失うことによって純潔な美しさを喪失することになる。しかし、その代わりに、別の魅力をもった存在として復活する。[*2] 私を愛してくれるなら、私のそのような死と復活を受けいれてほしいという願いを女の言葉は意味していただろう。処女の純潔は象徴であって、若い女性の肉体的な美しさや精神的なあどけなさなど、若い女性に特有な魅力を意味していると解釈できる。処女を失った後の別の魅力とは、成熟に伴う精神的な成長とか、子育てに献身する母性のけなげさや崇高さとかと考えてよいだろう。「私」がその女性との関係を発展させた形跡はない。おそらく女性の願いを受けとめようとせずに、若々しい美しさが失われるとともに、捨てて顧みなかったのであろう。「私」が執着しているのは、純潔な処女に代表される、女性美に関する理想像であるようだ。

「あたしは幻を消しに来」たという娘の片腕が「私」に期待しているのも、右の女性と同じことである。処女の純潔や若い娘の肉体的な美しさは早晩失われるものであって、そのようなものに「あこがれ」を持ち続ける相手に本体の娘をゆだねるわけにはいかないということである。つまり、娘の右腕も、あの紫色の家庭の守護者と同様、「私」に家庭の幸福を最優先する生き方を望んでいるのである。

娘の爪は「きれいにみがいて薄い石竹色に染めてあ」った。「私」はそれを「悲劇の露」と呼んでいる。美しさを保っているのはつかのまのことで、「露」のようにはかなく消え去ってしまうというのであろう。それを「悲劇」とするのはいかにも「私」らしい捉え方で、成熟にともなって爪の美しさに代わる新たな美が輝き出るのを認めようとしないことを示している。

「私」はまた、爪の下の指先に女性の純潔性が宿っているとも考えている。「女の純潔性の悲劇の露が、長い爪の陰にまもられて、指さきにひとしづく残つてゐる」というのである。母となった女性は、育児や家事に従事しなければならないから、爪を長く伸ばすことはまずない。だとすれば、母は一片の純潔性さえ持たない存在、女性としての魅力を失い、「私」を惹きつける力を持たない存在であることになる。

「私」の受け取った片腕は、それ自体が女性美の結晶のようなものとして描かれている。処女に特有な、肩のところの「清純で優雅な円み」を持っているだけでなく、肘や指先の部分なども、さまざまな微妙な美しい表情を湛えており、「私」を魅了して、飽きさせることがない。「片腕」の作者は、一本の腕に、女性の肉体的な美しさを集約して描き出そうと試みているようだ。

が、片腕は、本体の娘の子どもの意味も終始一貫負わされている。娘は、「行つておいで」、「一晩だけれど、このお方のものになるのよ」と、みずからの腕に語りかけて、男に貸し与えている。この物言いは、森安理文が言うように、「母親が娘を婿の家に送り出すときの」[*3]もののように聞こえる。娘を呼ぶのに、「母体」という言葉が頻りに使われているのも、娘を母親、片腕をその娘と見る見方を助長することになる。この点はすでに渡邊幸代も指摘するところであるが、彼女はさらに、「『右腕』にはめた『母の形見』の指輪は、きわめて象徴的な意味を帯びてくる。『形見』の指輪とは〈母から子へ〉と受け継がれるものであるだろうから、この時に『娘』は〈母〉となり、『右腕』は〈子〉となった、と連想したい誘惑にかられる」[*4]と述べている。森安や渡邊は、片腕を、母から送り出されて「私」に嫁ぐ娘と考えているようだが、そのような性格もあるのは否定できないにせよ、次に引く文章のなかで「愛児」にたとえられていることなどに徴すれば、娘が「私」と結ばれた暁に生むはずの子どもという意味を担わされていると考えるべきであろう。自動車の窓越しに「私」に頭を下げた女は、娘の母親であるとともに、娘自身でもあったのであり、「私」とのあいだに生まれる子どもを「私」が大事に扱ってくれるよう願っていたのである。が、その子ども自体は、子どもそのものばかりでなく、「私」と娘が築くはずの家庭生活全般を象徴していると考えておくべきであろう。

「片腕」の末尾で、もぎ取った女の腕を抱きしめる「私」の姿が、次のように描かれている。

私はあわてて娘の片腕を拾ふと、胸にかたく抱きしめた。生命の冷えてゆく、いたいけな愛児を抱きしめるやうに、娘の片腕を抱きしめた。娘の指を脣にくはへた。のばした娘の爪の裏と指先きとのあひだから、女の露が出るなら……。

「いたいけな愛児を抱きしめるやうに」という表現は暗示的であって、「私」は娘の片腕を思わず外してしまうことで、娘と家庭を築き、子どもをもつ可能性を放擲してしまったのである。末尾の「女の露が出るなら……」は、「私」が依然として純潔性にこだわり続けていることを示している。「のばした娘の爪の裏と指先きとのあひだから」「出る」「女の露」とは、処女の純潔性の象徴であった。「出るなら……」の次には、「私は何を投げ出しても構わない」といった言葉が来るのであろう。が、その後を続けずに、言いさしの形にしたのは、「私」にかすかな反省が生じたことを示しているかもしれない。処女の純潔性にこだわり続ける「私」の態度こそ、すべての破綻の原因だという反省がかすかに生じ、その後に続く言葉を呑み込ませたのかもしれない。そうだとすれば、「私」にも改心の余地があることになる。だが、「私」の今後の方向性を読者に判断させるためだけの技術的な省略にすぎないと解釈する余地もある。

本体の娘が「私」に片腕を貸し与えたのは、「私」が結婚の相手としてふさわしいかどうかを試すためであった。娘は、おそらく「私」がふさわしくないと見抜いており、娘と結婚したがっているらしい「私」に対して、結婚できない理由を納得させるために腕を貸し与えたという方が実情に近いだろう。腕を与えるとき、娘は、「お持ち帰りになつたら、あたしの右腕を、あなたの右腕と、つけ替へてごらんになるやうなことを……」と言いよどんだ後、「なさつてみてもいいわ」と言い切っている。「つけ替えてごらんになるやうなことを」の後には、「なさらないでね」と続く方が自然である。最初、娘はそのように言おうとしたが、「私」の性格を考え、実際に腕を付け替え、愛よりも、自己の理想への執着が強いことを確認させなければ、「私」が娘を断念するに至らないと判断したのであろう。片腕の貸与は、擬似的な結婚生活を体験させることで、「私」が結婚の相手にふさわしくないことを認識させようとした試みであった。「一晩だけれど、このお方のものになるのよ」と言いながら、「私」を見た娘の目には涙が浮かびそうであったが、予想通りの結果が出て、「私」との別離が決定的なものになることを見越した涙であっただろう。

三

「片腕」の「私」は、『みづうみ』（昭29・1〜12）の銀平に近い人物である。銀平は、母性と理想的な女性美を追い求めて、永遠の彷徨を運命づけられた男であった。「私」も銀平も、片腕の言葉を借りて言うなら、「幻を消」せなかった人物であり、処女の美しさに代表される女性の肉体的な美しさ以外に、女性の魅力を見いだすことができなかった男たちであった。「片腕」は、『みづうみ』と同様、理想的な女性美の探求者が、結婚とか家庭とかの市民的秩序に収まることができない宿命を確認した作品である。

と同時に、「片腕」には、結婚というものの性格を描いた作品という側面もある。結婚には、処女（＝若い女性）の美しい肉体を享楽するという側面があることは確かだが、同時にその女性と築く家庭のなかに生きる喜びを見いだし、家庭のために献身する妻のなかに、肉体美とは別種の魅力を発見することをも男性に要求するという一面もある。もし男性が、女性の若い肉体美にしか魅力を見いだせないなら、その男性は結婚する資格を欠いているというのが、「片腕」が語りかけるメッセージである。

第十章

『たんぽぽ』の「魔界」——日本の歴史継承批判

一

『たんぽぽ』（昭39・6〜43・10）の主人公稲子がなぜ人体欠視症を患っているかは、さして難解な問題ではない。たとえば、『千羽鶴』（昭24・5〜26・10）において、太田夫人が亡き愛人三谷に執着するあまりに、息子の菊治を三谷と重ねて受けとめていたことなど、川端の作品に頻出する心理的機構を想起すれば、稲子がなぜ人体欠視症に苦しめられているのか、その原因が推測できる。

木崎が死んだのと稲子が久野と付き合い始めたのは近接した時期である。木崎が崖から転落したとき、稲子はその後を追って海に飛び込もうとした。久野は、そのことに触れて、「稲子さんが、その時、飛びこんでゐれば、僕は稲子さんに会へなかつた」と語っているので、木崎の死後に出会いがあったことが確認できる。父の死は稲子の高校一年のときだが、高校二年の冬の時点で稲子は久野の子を身ごもっている。異様といえるほどの愛を注いでいた父が死んだ直後に別の男性と愛し合うというのは、別の男性に父の代理を求めている場合の外は考えにくい。太田夫人と同じく、稲子は、久野と父を重ねて受けとめ、父に抱く感情を投射して久野に相対していたのである。

久野の人体の一部が欠けて見えるのは、投射された父が右足を付け根から切断していたからである。崖から転落して、稲子の目の前から突如消え去ったことも、久野の人体が欠けて見える要因になっただろう。つまり木崎という人物が欠如をはらんだ存在であったゆえに、そのイメージが投影される久野も、人体の一部を欠如させた形で現れるのである。

『千羽鶴』の太田夫人は、過去に強く執着し、〈無常〉に抵抗していたゆえに、「魔界」の住人〈厳密に言えば、「魔性」の所有者〉と呼ばれていた。とすれば、亡き父への執着を捨てずに、目前の恋人を父と重ねて受けとめる稲子も、「魔界」に落ちた人物と考えざるをえない。ただし、彼女の場合には、〈無常〉を受けいれようとする姿勢も認めるべきである。恋人に投射される父のイメージが欠如と消失をはらんでいるからである。久野の人体が欠けて現れる事実自体は、稲子が父に執着していること、〈無常〉に抵抗していることを示しているが、その結果、生ずる人体の一部を欠いた像は〈無常〉に浸食された様相を示しており、そのかぎりで〈無常〉を受容していることを物語っている。人体の一部を欠いた視覚像は、すでに失われた存在に執着することのむなしさを告知しており、稲子に失われた過去に執着するよりも、眼前の恋人それ自体を愛するよう促していると考えられる。人体欠視症を患っていることは、亡き父への愛と恋人久野への愛とのあいだ、〈無常〉への抵抗とその受容とのあいだで、稲子が引き裂かれ、激しい葛藤に陥っていることを示している。

稲子に人体欠視症が現れるのは男女の抱擁の最中であることが多いが、それ以外のときにも発作が起きたことがある。その時の視覚像が次のように語られている。

稲子が久野を見てゐるうちに、久野の前に桃色の虹のやうな弓形があらはれたと言つたのは、いつであつたか。稲子はその虹のことを美しい言葉で言つた。虹はこまかい気泡の集まりである。気泡は桃色で淡い光りをおびてゐる。ゆるやかに動いてゐる。それは粒ひとつひとつの動きでありながら、入りみだれた動きではない。（中略）
「ああつ、久野さんが見えない。見えなくなつたわ。」と稲子ははじめ叫ぶやうに言つた。額を左手でおさへて、しきりに目ばたきをした。「久野さんの肩がなくなつたわ。ああ、口もあごもなくなつたわ。」
久野の口から下、肩も胸もふうつと薄れて消えたのであつた。その空虚にもやもやと弓形がゆれて、桃色の気泡の虹になつたのであつた。

木崎は海に落ちて死んだが、「気泡」は、水中を木崎のからだが落ちてゆくときに掻き立てられたものであろうか。だとすれば、この久野の視覚像はよみがえった木崎という意味を帯びていることになる。あるいは、愛する人の命が泡のようにはかないことを示すものであるかもしれない。実体のない光学現象である「虹」も、同じ含意をもつものであろう。幻想が「桃色」を帯びているのは、木崎に対する稲子の執着に、性的な欲望が含まれていることを示している。「片腕」（昭38・8~39・1）でも、「桃色」が性や官能と関連付けられていた。久野と稲子の関係が早々と性的なものに発展したのは、木崎に対する執着自体に性的な意味が含まれていたからである。

人体欠視症の前駆症状として、ピンポン球が消えて、見えなくなるという現象が起こった。稲子の高校二年の冬のことである。稲子の机の引き出しに久野に切られた髪の毛がしまい込まれていたが、ピンポン球も同じ引き出しのなかにあり、両者のあいだに連合が生じ、試合中のピンポン球が消失するという現象につながったのだと考えられる。髪の毛について、初出[*1]に次のように記されていた。

> 稲子が髪を長くしてゐた時、その毛先きにほんのそよ風ほどそつと触れても、稲子はさはられてゐるとほとんどわからない。はじめてのころは、それが久野の驚愕であり、憤怒でさへあるやうだつた。触れられることに敏い処女が、女のいのちとも言はれる髪を恋人にさはられて、たとひ長い毛先きにかすかではあるにしろ、ほとんど感じないなどとは、久野には信じられないことであつた。また、久野の愛情からは信じられることではなかつた。恋人の手にたいして、そんなに鈍いところが、稲子のからだのどこにもあるはずがないと思ふ、久野の愛情であつた。ところが、久野の息が稲子の髪にほのかにかかつても、あるいは久野の顔や手が稲子の髪に近づいただけでも、稲子はそれを髪から肌まで、そしてからだぢゆうにまで、そのけはひ以上の感じを受けるといふのである。髪の毛先きの不感か無覚を、久野はうとむよりも憎んだ。
> 「ちがひます。ちがひますのよ。感じますのよ。もうほんの少しさはるつもりでさはつてみ

て下さい。」と稲子は訴へて涙を浮べたが、久野は暴戻非道といふほかないやうな無理無体で、稲子の長い髪の毛先きを切らせてしまつた。ほんのつかの間、ほんのかすかな触れやうに、稲子のからだのうちで、久野の愛の感応が不在であつた部分だ。稲子は青ざめて、落ちた毛を拾ひ寄せる手がふるへた。庭に落ちた花も、できるかぎり拾つておいてやる稲子のことだから、その自分の毛も千代紙につつんだ。机のひきだしにしまつておいた。後にひき出しをあけて目についた時、奥の方へかくすやうに押しこんでしまつた。

それからは、なにかでその毛のあるのを思ひ出すと、自分のこれほどきたないものは、ほかにはなにひとつ残つてゐないやうに感じられるのだつた。手に取つて捨てるのもきたならしい。（中略）ピンポンの試合で球が見えなくなつて、友だちに送られて家にもどつて、稲子が勉強づくゑのひきだしから、ピンポンの球を二つ出したのは、その奥にあの毛先きの包みがかくしてあるひきだしであつた。しかし、この時、そんな髪の毛のことは忘れてゐた。

久野の愛撫に稲子の髪の毛先が反応しないのは、そこが特別な場所だったからである。木崎は、「この子は可愛い子だ」と言いながら、「お下げの先きをつかんで、二度も三度も、きつく引っぱ」ったことがあった。木崎は戦争で受けた傷害のために性的な能力を失ったらしく、「稲子の母の胸に噛みつき、髪をつかんで頭をあらあらしくゆさぶりながら」、「人生の御馳走がいただけなくなつた、人生の御馳走が」と号泣したという。娘の髪の先を荒々しく引っ張るのも、性的な意味を含んだ愛情表現だったのであろう。稲子の側も、それを好ましいものとして受けとめたのであろう。久野の愛撫に無感覚なのは、父の愛情の記憶のまつわるその部分の感覚を遮断して、父への愛情を裏切るまいとする動機に根差している。久野が嫉妬して、狂暴に振る舞ったのももっともなことである。

久野に切らされた髪を保存しておくのは、〈無常〉に抵抗する稲子らしい振る舞いだが、後には、その髪を、「きたならしい」ものと感じていることに注意すべきである。父への執着を放棄しなければならないと感じ始めたわけで、父とは独立した存在としての久野への愛情が強まってきたことを示している。父の愛情のまつわる毛先へのこだわりを棄てようという思いが、毛先と同じ引き出しにしまいこまれたピンポン球を消失させたのである。ピンポン球の消失は、父と久野への愛情の両極に引き裂かれた葛藤が引き起こした症状と考えられる。

森本穫が紹介する三井寺の鐘をめぐる民話[*2]を考慮すれば、これとは別の解釈も可能である。問題の民話に触れる前に、ピンポン球が消失したときの稲子が妊娠していたことを確認しておかなければならない。先の引用文では、稲子が「処女」と呼ばれているが、一方では久野とのあいだにかなり濃厚な身体的接触があることが示されており、「処女」は「少女」の意味で使用していると考えてよいのではないか。川端特有のミスティフィケーションである。ピンポン球が消えたことをめぐる稲子と母との一連の会話が一段落した後、次のような場面が続いている。

「しばらく横になつて、やすんでゐなさいよ。」と稲子の母は言つた。「そのあひだに、夕飯の支度でもしますからね。」

「なんにも食べたくないわ。なんにも食べたくないわ。」と二度言ふうちに、稲子は手を口にあてて、にはかな吐き気をおさへた。咽にこみあげて来るにつれて、目のふちが赤らんで涙をためた。

母はあわてて稲子の背をさすつた。「どうしたの。」

「いいの。もういいのよ。」稲子は吐き気の後の息づかいで、「どうしたんでせう、夕飯と聞いただけで。」

右の「吐き気」はつわりの症状であろう。ピンポン球のエピソードに触れる直前に、稲子が母と風呂に入るのをためらった時期があったことに言及されている。母は、「はじめて男に抱かれた、そのあとのからだを、稲子は母親にも見せたくないやうなのだらう」と推測しているが、実際には妊娠しているのを気取られたくなかったからではないか。

さて、森本の紹介する民話は以下のようなものである。――湖のほとりに住む貧しい若者が、悪童たちになぶられている蛇を助けたことがあった。それからしばらくして若く美しい娘が若者の家を訪れ、そのまま妻として暮らすことになった。やがて身ごもった妻は、子を産み終わるまで産屋を覗かないでくれと頼んだ。出産の苦しみの声を聴いた夫は、心配のあまりつい覗いてしまった。彼が目にしたのは、大きな蛇が苦痛に身をくねらせている光景であった。妻は蛇の化身だったのである。彼女は、去るとき、産まれた赤ん坊が泣きだしたらこの玉を吸わせてくれと言い置いた。赤ん坊はすくすくと育ったが、玉は、噂を聞きつけた地頭に奪われてしまう。窮した夫が湖に向かって三度手を叩くと、妻が現れた。事情を話すと、妻はもう一つの玉を差し出したが、それは妻の目であった。盲目になった妻は、三井寺に鐘を寄進するよう頼んだ。方角も分からなくなったので、鐘の音をたよりに、夫や子どもを偲びたいというのである。男に同情した里人たちが鐘を寄進し、男は妻を思いながら、鐘を撞き続けた。

中学一年のとき、両親とともに三井寺を訪れ、その鐘を撞いたことのある稲子には、この民話に接する機会があっただろう。ピンポン球は、大きな蛇の目玉を連想させる。このとき稲子が身ごもっており、堕胎を覚悟していたとすれば、わが子と異なる世界に住むのを余儀なくされ、両目を奪われた蛇の母親に自分をなぞらえるのは自然な連想である。自己を盲目の蛇と同一化する意識が、ピンポン球を見えなくさせたのである[*3]。

ちなみに、稲子が中学校のときに、盲学生がピンポンや野球をしているのを見学したのを母に話さなかった理由に関して、これをオイディップス王の伝説と関連付けて理解する向きもあるかもしれない。実母と知らずに先王の妃と結婚したオイディップスは、真相を知ってみずから両目を抉り取った。密かに父への愛情を抱いていた稲子は、盲人にこだわりを感じて母に語るのを躊躇した可能性がある。もしそうだとすれば、ピンポン球の消失も、自身をオイディップス王と同一化した結果起こったと考えざるをえない。が、父への愛情は恒常的に稲子をとらえている欲望であり、高校二年の冬の試合の最中に急にピンポン球が消失する理由になるとは考えにくい。『美しさと哀しみと』（昭36・1～38・10）のヒロイン音子は十七歳で出産しているから、久野に対する稲子の愛が純一なものなら、産む選択もありえただろう。堕胎を選んだのは、久野を木崎の代替とする意識を克服できなかったためではないか。久野を愛しながら、父への執着を捨てきれない矛盾が堕胎を余儀なくし、民話の盲目の蛇に同一化させたのである。ピンポン球の消失に関してこの解釈を採択した場合も、原因はやはり父と久野への愛の葛藤になる。

ところで、久野は、生田病院の関係者が鳴らす常光寺の六時の鐘を聞きながら、「あの鐘の音は、僕の心の張りを抜いて、底のない暗がりへ引き落してゆくやうだな。誰が撞いてゐるのか。悪に狂つた気ちがひか、気高い問罪者か」と語っている。続く会話のなかでも、しきりに「問罪者」を云々している。久野自身や生田病院に入院した稲子が隠している罪を暴き、糾弾する者が病院に存在するかのような妄想にとり憑かれている。このような妄想を抱かざるをえなくさせるほど、彼らはみずからの罪に脅えているのである。彼らの隠している罪とは、おそらく堕胎にまつわる罪悪感であろう。稲子の父への執着は、血なまぐさい罪悪を随伴するものでもあったわけである。

生田の地を舞台とする『たんぽぽ』が謡曲「求塚」を下敷きにしていることは、諸家が指摘するとおりである。「菟原処女《うなひをとめ》」の伝説は、森鷗外の「生田川」（明43・4）だけでなく、夏目漱石の「草枕」（明39・9）にも取り入れられている。漱石の作品で菟原処女に相当するのは「長良の乙女」

である。二人の男性から求婚された彼女は、どちらか一方を選んで、他方を傷つけるのを避けようとして死を選ぶほどに、「憐れ」の情や思いやりの心に富んだ女性で、理想化された存在である。ところが、「求塚」では、不決断によって男を迷わせた罪の故か、地獄の責苦に苛まれる存在として否定的に描かれている。

恐ろしやおことは誰そ、小竹田《ささだ》男の亡心《ぼうしん》とや、さてこなたなるは血沼丈夫《ちぬのますらお》、左右の手を取つて、来れ来れと責むれども、三界火宅の住みかをば、なにの力に出づべきぞ、また恐ろしや飛魄《ひばく》飛び去る目の前に、来るを見れば鴛鴦《おしどり》の、鉄鳥となつて鉄《くろがね》の、嘴足《はしあし》剣のごとくなるが、頭をつつき髄を食ふ、こはそもわらはがなしける咎かや、あら恨めしや。

森本穣は、『たんぽぽ』の舞台が「生田町」と名づけられた理由に関して、「そこは謡曲（「求塚」――藤尾）の前半で語られる早春の若菜摘みにふさわしい場所――『たんぽぽの花が咲いた春のやうな町』でありながら、地獄の業火に苦しむ乙女のこもらなければならぬ土地なのである」と述べている。地獄の呵責に苦しむ「求塚」の菟原処女は、そのまま稲子の姿であった。

二

終戦時、陸軍中佐であった木崎は、死に所を求めてであろう、騎馬で山中を五日間にわたってさまよった。そのあげくに、馬から降りて、一本の木に「陸軍中佐木崎正之」と彫り付けていたとき、「神さまの巫女か、神さまのお使ひの妖精のやうな」「山の娘さん」が来合わせ、父に声をかけた。結局、木崎は娘さんに介抱されて、無事山を下りてきた。

この「天女のやうに気高くて美しい娘さん」が実在したかどうかは、はっきりしない。単に当時三歳だった稲子の存在を思い起こして、彼女のために死ぬのを見合わせたことを、妖精との遭遇譚で比喩的に語っただけなのかもしれない。稲子当人も、これに近い受けとめ方をしている。「稲子自身がその少女なのであつた。幼い日から昨日までの稲子にはさうなのであつた」と記されている。

「父は一人つ子の稲子を掌中の玉といふより生命の泉としてゐた」と語られているように、戦後の木崎にとって稲子は実際に生きる糧であった。「士官学校から陸軍大学を経た将校で、中佐まで位をのぼつた木崎」は、軍人以外の生き方を拒否して、娘に慰めを求め、その成長を楽しむのを生の支えとしたのである。

戦前エリートの一員だった木崎は、戦後社会でも有用な人材だったはずである。木崎自身に多少の困難と闘う意志さえあれば、みずからの力量を発揮する地位を得ることも不可能ではなかったろう。馬術の教授をなりわいとするのは、戦後社会から背を向けた生き方であり、娘を生の糧にするのは、自己の人生に向き合うことからの逃避以外のものではない。

この木崎の選択は、娘に過剰な負担を強いることになった。妖精のような少女にみずからを擬することは、木崎の救済者として自己を位置づけることに他ならない。父親の愛情に応じようとして、肉親に対する愛情の範囲を逸脱した不健全な執着をはぐくむ結果を招いた。父の崖からの転落を、「自分の責任、自分のせゐ、自分が父を死なせた」と受けとめるほど、一挙手一投足に至るまで父の面倒を見なければならないとする義務の意識を植え付ける結果ともなったようである。

もっとも、稲子の母も、自分の嫉妬心から稲子に馬術を習わせたことが、木崎の死の遠因になったと思い詰め、彼の事故死に責任を感じている。「女の嫉妬と猜疑から、木崎を殺したと思ひます。あの時、小さい稲子を馬場につれて行かせなければ、稲子は馬に乗るやうにならなかつたでせうし、木崎が稲子と騎馬旅行に出るやうなこともなかつたでせう」と語っている。木崎に対する過剰な責任意識が、因果関係の受けとめ方にゆがみを与えている。戦前のわが国には、みずからを犠牲にして夫や父親につかえなければならないと考える家族主義的な道徳観が行われていたが、どうやら稲子や母はそれに強く束縛されているようだ。その道徳観が夫や父親に対する過剰な義務意識をはぐくみ、責任の持ちようのない事態にまで責任を感じさせているのである。

久野は、稲子や母が木崎の事故死に対する責任を感じ続けているのを咎めて、「お母さんがお父さんの奥さんにしたところで、稲子さんがお父さんの子にしたところで、お父さんが崖から落ちたのは、お父さんの運命、お父さんひとりの運命なんですよ」と指摘している。木崎一家は、それぞれが自己の生に責任を負うべき、独立した個人の集まりというよりも、相互に依存し依存されるべき、分離不可能な共同体のごときものであった。戦後の個人主義的な価値観を身に着けているらしい久野には、そのような家族関係が異様なものと映っている。

いずれにせよ、娘を生の糧にする木崎の生き方が、稲子個人の健全な成長を阻害する作用を及ぼしたのは間違いない。父親の愛に報いなければならないという思いが、彼女固有の生を歩むのを妨げることは言うまでもない。実際、父亡き後まで、稲子は、父親への愛に束縛され、恋人久野への愛情を発展させられないでいる。稲子に人体欠視症を負わせ、彼女を「魔界」にさまよわせたのは、みずからの人生から撤退した木崎の逃避的な姿勢であり、彼の甘えを助長した家族主義的な慣行であった。

稲子が入院した生田病院には、「仏界易入　魔界難入」の文字を書き続ける、「病院の主《ぬし》のやうな西山老人」がいる。老人は、「魔界にはいらうとつとめて、魔界にはいりがたかつた」「痛恨」を抱えており、その「痛恨」のために狂気に陥ったとされる人物である。この西山老人は、木崎の分身の役柄を負う人物である。老人は、夕方の天気予報を聞くのを楽しみにしていた。それを担当する若い女のアナウンサーの声を好んでいて、「廃残の自分に愛の声で毎日話しかけてくれる」と感じていた。木崎も、「戦争の敗残者」と呼ばれており、美しい娘と暮らすのを生きがいにしている。

終戦時、木崎が「陸軍中佐」の肩書とともに死のうとしたのは、敗戦という変転（＝無常）に抵抗し、滅び去ったものに執着することであるから、「魔界」に入るに等しい行為である。五日間、山中をさまよっていたときの彼は、「自己意識が消滅して」いたというから、一種の狂気に陥っていたことになる。その状態が長く続けば、彼自身が精神病院に収容されていたことだろう。「自己意識」を回復した後も、敗戦以前の価値観への執着を手放さなかったとすれば、戦後の新しい価値観とのあいだで激しい緊張を強いられ、精神を病む事態に追い込まれていたかもしれない。ところが、妖精のような少女との邂逅によって我に返った後の木崎は、過去に執するでもなく、現在を受け入れるでもない、あいまいな態度に韜晦するばかりであった。「時世粧に反撥を心の底に沈めながらも、それに身を浮かせ流れて、敗者のかなしみをまぎらはせる」ような生き方をしたにすぎなかった。「魔界」から身を引いた木崎が、西山老人のように「痛恨」を抱いた形跡はないし、稲子を支えとする生き方が狂気に導いたわけでもない。しかし、彼の韜晦的な生き方が当然滅んでしかるべき家族主義的慣行の存続を許し、それが父に対する稲子の異様な執着と狂気を惹起する結果を招いたのである。狂気は、むしろ木崎の逃避的な生き方の巻き添えにされた稲子の人体欠視症の症状として発症したわけである。

稲子の母によれば、生田病院の入口近くに大木があって、その木の幹に、患者たちが自分の名前などを彫り付けているため、樹液が垂れて、まるで「木が涙を流してゐ」るかのように見えたという。母の眼には、「気ちがひさんに木が泣かされてゐ」るかのように映った。母は、その木を、狂人たちに虐げられる稲子と重ねて受けとめている。

敗戦時、「自己意識」を失っていた木崎も、木に自分の名を彫り込もうとしていた。この点からも、狂人たちを代表する、「病院の主」のような西山老人が木崎の分身であることが確認できる。稲子は、木崎の甘えた生き方のために健全な成長を阻まれて、涙を流している存在、父が負うべき狂気を父の身代わりに背負わざるをえなくされた存在なのである。

三

『たんぽぽ』の物語言説の大部分は、稲子を生田病院に託してきた母と久野との、帰りの道中の会話から構成されている。この会話の特徴は、稲子の母が、「久野さん、わたしたち、さつきから、おなじやうなことばかり言つてないかしら？　なぜなの？」と問うているように、冗長極まりないことであって、同じことをくどくどと反復して話題にしている。

反復されるのは、主として、稲子を久野と結婚させるべきだったか、病院に入院させる方が正しい処置だったかをめぐる争いである。これは五度にわたって蒸し返されているが、たとえば次のようなやりとりである。

「あたしもね、稲子が久野さんに抱かれてゐて、久野さんが見えなくなるのは、それはまだしもいいと思ひます。わたしなんかは、ぞうつとするほどおそろしいやうだけれど、まあ、身の危険はないですからね。しかし、それが気のちがふ前ぶれだつたら、どうして下さるの？もし、そとで、人体欠視症の発作がおきたら、どうして下さるの？　それこそあぶないわ。」

「お母さん、稲子さんの人体欠視症は、自分の愛してゐる人、少なくとも好もしいと思つてゐる人にたいしてのほかは、起こらないやうに、僕は見てゐるんですよ。たとへば、町を歩いてゐて、稲子さんとなんでもない人にはなんでもないやうですよ。」

「としても、たとへば久野さん、車の行き来のはげしい町通りで、向うの人道からこちらの人道に、久野さんの姿だけをみとめて、車の疾走などが見えなくて、走つて道を渡つて来たら、どうなりますの。駅か百貨店の屋上なんかから下の久野さんだけが見えて、飛び降りたら、どうなりますの？」

「それはちがひます。稲子さんにもし、人体欠視症の発作が起きてゐれば、愛する人だけが消えるのだから、車道の雑沓は見えても、向うの人道の僕は見えないでせう。階段の下の僕は見えないでせう。」

「久野さん、いい加減なことはおつしやらないで。」母は声をきびしくして、「それでは、稲子は久野さんをまつたく見ないで愛したんですか。久野さんをいつも見えないで愛してゐるんですか。」

「いや、そんな。」

「そんなことはあるはずがないでせう。ある時と場合とに、久野さんのなにかが見えなくなるんでせう。」

「はあ。」

「それがまあ、気ちがひのしるしで、気ちがひといふ病ひは、進みもしますし、どこまで悪くなるかわかりませんからね。」

「はあ。しかし、気ちがひ病院へ送りこむほどのことはなかつた。僕が結婚して治せただらうと、たびたびお母さんに言ひましたね。」と久野は声を落した。「稲子さんを僕からしばらくか、長くか、離しておいて、病気を治さうとお考へなんでせう。若い美しいお嬢さんを、薄ぎたない、荒らくれた気ちがひどものなかにおいてまで。」

稲子の母はじつにさびしい目色を見せた。「だつて、久野さん。」涙は出さなかつたが、「結婚してやつていただくのには、娘の気ちがひを治しておきたいのが、母親の心情ぢやありませんか。それはお汲み取りになつて。(後略)」

これは五度目のやりとりだが、他の箇所がこれと異なるわけではない。久野は、自分と結婚した方が稲子の病気によいと主張し、母は、精神を病んだ娘を嫁にやるわけにいかないし、人体欠視症の発作が起きる相手の久野との結婚が、病を昂進させる可能性も懸念されるというのである。

彼らはなぜ同じ言い争いを繰り返さねばならないのか？　彼らがどちらの主張が正しいかの論理的決着をつけようとしないからである。つけようとしないというよりも、この場合は、つけられないというのが実情である。母は娘が発作を起こした現場に居合わせた経験をもたず、双方とも正確な医学的知識を持ち合わせないので、どちらの主張に分があるかの判定がつかないのである。限られた経験と情報しか持たない彼らは、双方とも自分の方の主張が正しいと思い込んでおり、形の上だけ相手の言い分を認めて譲歩しても、正しいはずのみずからの言い分が何度も頭をもたげてくるのである。

同じ現象が歴史上にも見られる。たとえば、戦前の家本位の民法は、戦後廃止されて、民主主義の時代にふさわしい個人本位の法律に代えられた。だが、国民に、どちらの考えが正しいのかの判断がついていないなら、無自覚のうちに前代の慣行を引きずってしまうという事態が起こりうる。すでに葬ったはずの慣行が復活することもあるだろう。木崎家で起こったのはまさにその種の事態である。

戦前、陸軍中佐の地位にあった木崎は、戦前のイデオロギーを代表する立場の人物であった。彼が戦後社会のなかで積極的に生きようとするなら、戦後の新しい時代が彼に突きつけるイデオロギーに照らして、みずからが体現する戦前のイデオロギーを徹底的に否定・精算することが求められたであろう。無自覚に戦前の価値観を引きずったままでいると、新しい時代に適合する機会を逸することになりかねないので、古い思想と価値観を自覚的に対象化し、論理的に納得したうえでその一つひとつを葬り去る必要があったはずである。

ところが、木崎は、一度は崩壊した戦前のイデオロギーに殉じて死ぬことを選ぼうとしたが、その企てを放棄し、新しいイデオロギーを受け入れるのではなく、それに背を向けるようにして生きてきた。このような彼の生き方が、無自覚のまま家族主義にまつわる慣行を温存させる結果を引き寄せることになったのである。木崎が戦後社会に積極的に関わる方向に歩み出ていれば、民主主義・個人主義の時代に逆行する道徳観として、その存続を許さなかったはずである。

父への愛と久野への愛の両極に引き裂かれている点に、稲子の病の原因があった。父への愛が旧時代の家族主義の倫理と結びついたものであるのに対して、久野への愛は、新しい時代の個人主義に根ざすものと見ることができる。とすれば、〈無常〉への抵抗と受容の両極だけでなく、新・旧両思想に引き裂かれた存在として稲子を理解することができる。

木崎や稲子は、日本人を象徴する存在だと考えるべきである。日本人は、敗戦とともに封建的な慣行を色濃く残した軍国主義の国家から平和主義・民主主義へと大きく転換した。転換は喜ばしいことだったが、国民は戦前の社会で養われた価値観やイデオロギーを清算しただろうか。新時代の価値観やイデオロギーと比較・検討して、それらを完膚なきまでに否定して、新しい時代への歩みを始めただろうか。多くは木崎と同様、曖昧な態度のまま、気分的に新時代に同調して生きてきたというのが実情ではないか。とすれば、稲子の母と久野の会話に何度も同じ話題が蒸し返されたように、古い価値観・古いイデオロギーが亡霊のように復活する危険が潜んでいる。事実、平和主義の国家に移行したにもかかわらず、自衛隊という形の再軍備化が進んだのは、古い亡霊の蘇りと言えないことはないだろう。

明治維新も同じことである。西洋文明を移入した後も、古い価値観の否定と清算は充分行われなかった。その結果が先の無謀な大戦だったのは言うまでもない。日本における歴史継承のあり方には一貫した特徴があるようで、古い時代の価値観や思想の否定と清算の上に新しい時代が築かれるのではなく、古い時代の価値観や思想を残したまま、新しい時代が構築される。古い時代の価値観や思想はただ潜伏しているだけで、再び復活する機会をうかがっており、事実たびたび復活しては、新しい時代に深刻な葛藤と動揺をもたらしてきた。

〈無常〉への抵抗とその受容に引き裂かれた病を抱える稲子は、文明開化思想と伝統的国粋思想、個人主義と家族主義、共産主義と国家主義、自由主義とファシズム、平和主義と再軍備化との両極に引き裂かれ続けた日本の姿そのものであった。

『たんぽぽ』の冒頭部は、アイロニカルな色調を濃く湛えている。

　生田川の岸には、たんぽぽが多い。川岸にたんぽぽの多いことが、生田町の性格をあらはしてゐる。たんぽぽの花が咲いた春のやうな町である。三万五千ほどの人口のうちに、八十歳以上の高齢者が三百九十四人ゐる。

　この生田町にふさわしくないものが、一つある。気ちがひ病院である。

この生田町もまた日本の象徴である。日本の平穏は、過去と現在、伝統と革新とのあいだに当然生じるはずの葛藤や対立から目を背ける逃避と欺瞞によって保たれているにすぎない。たまに両者の対立と矛盾に苦悩し、葛藤解消の必要を訴える人がいたとしても、その誠実な人物は、平和を掻き乱す厄介者として排除され、精神病院に送り込まれるなどの措置で報いられるにすぎないであろう。生田町＝日本社会の安穏は、不安な因子を「気ちがひ病院」という見えない部分に排除・抑圧することで保たれているのである。

終章

「魔界」と芸術

「哀愁」（昭22・10）は、川端の戦後に対する姿勢を示すものとしてよく引かれる文章だが、

「魔界」とは何か、「魔界」がどのように発想されたかを考えるうえでも逸することができない。

戦争中、殊に敗戦後、日本人には真の悲劇も不幸も感じる力がないといふ、私の前からの思ひは強くなつた。感じる力がないといふことは、感じられる本体がないといふことでもあらう。

敗戦後の私は日本古来の悲しみのなかに帰つてゆくばかりである。私は戦後の世相なるもの、風俗なるものを信じない。現実なるものもあるひは信じない。

（中略）

戦争中に私は東京へ往復の電車と灯火管制の寝床とで昔の「湖月抄本源氏物語」を読んだ。暗い灯や揺れる車で小さい活字を読むのは目に悪いから思ひついた。またいささか時勢に反抗する皮肉もまじつてゐた。横須賀線も次第に戦時色が強まつて来るなかで、王朝の恋物語を古い木版本で読んでゐるのはをかしいが、私の時代錯誤に気づく乗客はないやうだつた。

（中略）

かうして私が長物語のほぼ半ば二十二三帖まで読みすすんだところで、日本は降伏した。

「源氏」の妙な読み方をしたことは、しかし私に深い印象を残した。電車のなかでときどき「源氏」に恍惚と陶酔してゐる自分に気がついて私は驚いたものである。もう戦災者や疎開者が荷物を持ち込むやうになつてをり、空襲に怯えながら焦げ臭い焼跡を不規則に動いてゐる、そんな電車と自分との不調和だけでも驚くに価ひしたが、千年前の文学と自分との調和により多く驚いたのだつた。

私は割と早く中学生のころから「源氏」を読みかじり、それが影響を残したと考へてゐるし、後にも読み散らす折はあつたが、今度のやうに没入し、また親近したことはなかつた。

（中略）

しかし私はもつと直接に「源氏」と私との同じ心の流れにただよひ、そこに一切を忘れたのであつた。私は日本を思ひ、自らを覚つた。あのやうな電車のなかで和本をひろげてゐるといふ、いくらかきざでいやみでもある私の振舞ひは、思ひがけない結果を招いた。

そのころ私は異境にある軍人から逆に慰問の手紙を受け取ることが少なくなかつた。未知の人もあつたが、文面は大方同じで、その人達は偶然私の作品を読み、郷愁にとらへられ、私に感謝と好意とを伝へてきたものであつた。私の作品は日本を思はせるらしいのである。そのやうな郷愁も私は「源氏物語」に感じたのだつたらう。

満州事変に発して、日中戦争、太平洋戦争へと至る過程は、多くの日本人が確固とした主体性をもたず、大勢のままに押し流されるだけの存在であることを暴露した。さしたる抵抗も示さないまま、アメリカ主導の新体制を受けいれたことにも、同じ没主体性が露呈している。引用文の冒頭で、川端が、「日本人には真の悲劇も不幸も感じる力がない」と述べているのは、その点を指してのことである。『舞姫』（昭25・12・12〜26・3・12）や『たんぽぽ』（昭39・6〜43・10）で、そのような日本人の没主体的な歴史継承のあり方が批判されているのは、すでに述べたとおりである。

一方、川端自身は、戦時下に『源氏物語』を読みふける体験を通して、自身のなかに日本の文学と文化の伝統が生きて脈打っていることを確認した。川端は、みずからが伝統に育まれた存在であるとともに、自身の創作活動を通して伝統を導きうる存在であることを認識した。無常なる世相に押し流されるだけの大方の日本人とは逆に、自身が不易なるもの・永遠なるものと結ばれているのを悟ったわけである。

「魔界」は、戦時下および敗戦後に得られたこのような経験を母胎とする概念である。ただし、この概念の可能性に関して、作品ごとに、そのつど新しい発見を重ねたふしがある。同じ概念がさまざまな問題に適用された結果、一貫した論理で理解するのが困難になったことは否定できない。

「魔界」の語が初めて現れる『舞姫』は、最も原型的な形で「魔界」の概念が適用された作品である。この作品で、「魔界」に関わるのは、波子とその娘の品子である。戦前・戦中の記憶と体験にこだわり、それを引き継ぎ、発展させようとする彼らの生き方は、皇国思想の信奉者から平和主義者にすばやく転身した八木に代表される一般の日本人の没主体性を批判する意義を持つ。日本の伝統に固執する川端の立場が、ほぼそのまま波子や品子に託されている。

『舞姫』の「魔界」は肯定的な意味合いを持たされているが、『千羽鶴』（昭24・5〜26・10）では、一転して否定の対象と化している。『千羽鶴』は、〈一期一会〉の根本精神を失った、家元体制下の茶道のあり方を批判しようとした作品であった。茶道は仏教、とりわけ禅との結びつきの強い芸道であるゆえに、過去に執着し、〈無常〉の原則に抵抗する「魔界」が否定的に評価されたのは理にかなっている。

ちなみに、浄土真宗でも、宗祖の子孫を頂点とした組織が構築されているから、『千羽鶴』の批判は、そのまま浄土真宗の教団に対しても有効である。過去の権威を盲目的に崇拝し、それに依存した組織のあり方が、戦後の民主主義の風土にふさわしくないものとして批判の対象にされているのである。

『たんぽぽ』は、『舞姫』と同様、歴史継承における日本人の没主体性を批判した作品であった。敗戦時や明治維新のような変革期に、日本人の多くは、権力者が押し付け、時勢が強いる新体制を受動的に受けいれただけであった。新旧両体制・両価値観を主体的に吟味し、論理的に納得したうえで旧体制と決別し、それを清算するのでなく、大勢に押し流されるままに新しい体制に移行しているにすぎない点が批判されている。変革期における曖昧な態度は、新体制の水面下に旧体制やそれと結びついた価値観を温存する結果を招き、維新後の日本の歴史が示しているように、やがて新旧両価値観に引き裂かれ、深刻な葛藤を抱え込むことになる。『たんぽぽ』のヒロイン稲子の病は、その葛藤を表している。

『たんぽぽ』では、過去への執着というよりも、過去を清算しきれないことが「魔界」に落ちる原因になっている。同じく歴史継承のあり方を批判するのに「魔界」の概念が適用されているにもかかわらず、『舞姫』における過去への執着が肯定的に評価されているのとは逆である。これは、『舞姫』の主人公たちの固執する過去が、戦後も維持し、発展させるに値するものだからである。具体的に言えば、バレエの先駆的な実践活動や自由主義の伝統、戦争の記憶である。前の二つが戦後も維持・発展させるべきものであるのは言うまでもないが、もう一つの戦争の記憶も、平和主義を揺るがぬものにするにはその継承が欠かせない。

『千羽鶴』と『たんぽぽ』の「魔界」は、〈無常〉への抵抗と市民的秩序からの逸脱の両方の特性をもつが、『舞姫』に後者の特性が希薄であるのは否めない。ただし、波子が、現在は妻子をもつ、昔の恋人竹原への愛を発展させることは、市民的な道徳に反する側面を伴うゆえに、こちらの特性とも無縁ではない。両方の意味特性を備えているのが、本来的な「魔界」のあり方である。

以上三作品における「魔界」は、思想のない作家、社会的関心の希薄な作家と言われ続けた川端には珍しく文明批評・社会批判の根拠として機能している。川端は、「魔界」の概念を武器にして自身の文学に新しい地平を切り開いたのである。

『山の音』（昭24・9〜29・4）の主人公信吾も、死んだ義姉の記憶にとらわれているから「魔界」に迷い込んだ人物と言える。その信吾が、彼を死の方に拉っしていく時間に身をゆだねることで、「魔界」から脱するというのが、『山の音』を構成する物語である。この作品において表立って「魔界」が問題にされていないのは、信吾が健全な市民であり、それ以外の生き方が彼には想定しにくいからであろう。

『みづうみ』（昭29・1〜12）と『眠れる美女』（昭35・1〜36・11）の主人公たちは、典型的な「魔界」の住人である。両主人公は、母性への憧憬や母胎回帰の願望にとり憑かれて市民的秩序から脱落した人物である。「魔界」に落ちた『眠れる美女』の江口に一種の救済が与えられているが、これを一般化することはできない。江口が死を間近に控えた老人だったからこそ、美女＝母のもとで死ぬことが救済になりえたのである。「『魔界』なくして『仏界』はありません」（「美しい日本の私」昭43・12・16）と川端の言うように、「魔界」をさまようことが「仏界」に到達することにつながりうるのを示すためには、別の作品にその根拠を求めるしかない。

とはいえ、私たちに残されているのは、『みづうみ』だけである。この作品の主人公銀平は、『眠れる美女』の江口と同様、女性との交渉を通して、失われた母を回復しようとしている。が、この作品の母は、イデア的な美の意味も負わされている。その点に着目すれば、銀平を芸術家のメタファーと見ることができるだろう。母＝永遠の美を求めてさまよったあげくに、父と同様に、野垂れ死にや行き倒れに等しい死を遂げるのが、銀平を待ち受ける運命である。川端はこれが芸術家の運命でもあると考えたのである。実際、「旅に病で夢は枯野をかけ廻る」の句を残して旅先で死んだ芭蕉の生涯は、桃井銀平そのままではないか。「しぐれ」（昭24・1）で、芭蕉の先達に位置づけられている宗祇も、銀平の同類である。川端は、平安朝の女流文学者も、彼らと同じ運命をたどったと考えている。

小野小町や、清少納言や、和泉式部などが、流転落魄、行方も知れず終つたのは、彼女らの多情奔放のせゐばかりであらうか。
藤原氏に宮廷を追はれたらしいのは勿論だが、幻の美に身を焔とした、田舎者でもあつた。永遠の旅人でなければ、このやうな情熱はあるまい。自らのあこがれに欺かれた、詩人の業である。

「東海道」（昭18・7・20〜10・31）で、このように記された女性たちも、銀平と変わりのない生涯を送ったことになる。『みづうみ』は、芸術家の運命を描いた寓意小説でもあったわけである。「美しい日本の私」で、「究極は真・善・美を目ざす芸術家にも『魔界入り難し』の願ひ、恐れの、祈りに通ふ思ひが、表にあらはれ、あるひは裏にひそむのは、運命の必然でありませう」と述べているように、「魔界」は芸術家が身を置くべき世界として思い描かれている。「魔界」が芸術家に関わる概念であることを前提にせずには、「魔界」が「仏界」に通じる理由が説明できない。

芸術家が「魔界」の住人だとすれば、〈無常〉への抵抗と市民的秩序からの逸脱の二つの条件を満たさなければならないことになる。

まず、後の方から確認しよう。先ほどの「東海道」の一節に徴すれば、芸術家の情熱や憧憬の心が彼を市民生活の埒外に連れ出し、あてどのない漂泊に駆り立てると解釈できる。『みづうみ』の銀平も、同じ動機から彷徨を重ねているように見える。だが、川端が、市民的秩序からの逸脱を芸術家の必須条件と考えるのは、「末期の眼」が関わってのことではないだろうか。川端は「末期の眼」、すなわち死を背後に控えた者の審美眼を、「あらゆる芸術の極意」（「末期の眼」昭8・12）と考えた。死を覚悟せざるをえない人は、生者の心を束縛する利害心やエゴイズムから解放されているので、美の観照を妨げる因子に煩わされることがないというのである。この「末期の眼」の障害となるのは、市民的秩序に収まった生活感覚である。それを避けるために、漂泊者、旅人の立場に身を置く必要があるわけである。

また、戦後の川端がデカダンスの美を追求することに傾きがちだったことも、市民社会の秩序を嫌忌させた理由だったであろう。この点は従来の研究でも強調されてきた。

〈無常〉への抵抗が芸術家のもう一つの必須条件になるのは、芸術家が滅びることのない永遠の美を求める存在だからである。川端は、「滅びぬ美」（昭44・4・28）のなかで、「美は次ぎ次ぎとうつりかはりながら、前の美が死なない」という高村光太郎の言葉を共感をこめて引用し、「民族の運命は興亡常ないが、その興亡のあとに残るものは、その民族の持つ美である」と述べている。

『美しさと哀しみと』（昭36・1～38・10）に、「大木の小説「十六七の少女」のなかの会話は、作者の大木からもモデルの音子からも今はもう離れてしまつて、この世に不滅の言葉となつてゐるやうにさへ思はれたりする。つまり、愛し合つた昔の音子も大木もすでに滅亡してゐるかもしれないが、その愛は文学作品に不滅の定着をしてゐる」（「火中の蓮華」）とある。芸術に携わること自体が、〈無常〉に抵抗する意味をもつわけである。

芸術が〈無常〉に抵抗することに関して、別の理解も可能である。「反橋」（昭23・10）に、「美術品では古いものほど生き生きと強い新しさのあるのは言ふまでもないことでありまして、私は古いものを見るたびに人間が過去へ失つて来た多くのもの、現在は失はれてゐる多くのものを知るのでありますが、それを見てゐるあひだは過去へ失つた人間の生命がよみがへつて自分のうちに流れるやうな思ひもいたします」とある。冒頭に引用した「哀愁」にも、「『源氏』と私との同じ心の流れにただよひ、そこに一切を忘れたのであつた」と記されていた。紫式部の心が「私」と同調し、作者の「生命がよみがへつて自分のうちに流れるやうな思ひ」を経験したのであろう。『山の音』の信吾は、祖先から彼に流れ、彼から子孫へと受け継がれる血統のなかに自己を位置づけることができたとき、死を受容できるようになった。同じように、芸術家が過去から現在をへて未来に受け継がれる文化的伝統のなかに自己を位置づけられれば、〈無常〉を恐れる必要がない。作者が滅びても、未来の読者の心に新たな生命を得て「よみがへ」ることができるからである。

ちなみに、「反橋」・「しぐれ」・「住吉」（昭24・4）・「隅田川」（昭46・11）と続く「住吉」連作の「私」は、死を間近に控えた老人である。森本穫は、「反橋」の主人公について、「注目すべきことは、友人須山が色紙を書いたのが死の前年、義政が義尚の遺骸を迎えたのも死の前年、後三条が住吉に詣でたのが死の二ヶ月前、という事実である。これは偶然の暗合だろうか。いや作者は明らかな意図をもってこれらの人々を登場させたに違いない。彼らと心境の重なる主人公もまた、きわめて死に近い状態、すなわち一年ほどのうちに死を迎えるであろうという暗示である」（『注釈遺稿「雪国抄」・「住吉」連作』昭59・10、林道舎）と指摘している。とすれば、「私」がしきりに想起する母（育ての母）には、『眠れる美女』の江口の場合と同様に、「私」を迎えとる来迎仏の役割が期待されていると考えてよいだろう。ただし、この連作中の母は、「住吉」で、母の記憶が『住吉物語』と不可分に結びつけられていることなどを考慮すれば、「私」をはぐくみ、現在も「私」を支え続ける文化的伝統と等価な存在と考えるべきである。「私」の職業が何であるかは明記されていないが、文学者ないし芸術家と考えておくのが最も順当なところであろう。「私」にとって、母＝文化的伝統は「仏」なのであって、それに回帰することで死を克服することが期待されているのである。

こうして市民的秩序から逸脱して〈無常〉に抵抗する芸術家にとっては、「魔界」で創作活動に携わることが「仏界」への参入にそのままつながっていることが確認できた。ただし、市民的秩序の外側で生きることも、作品に永遠の美を定着させることも、文化的伝統に組み入れられることも、そのどれ一つをとっても、達成がはなはだしい難事であるのは言うまでもない。「美しい日本の私」で、「『魔界』に入る方がむづかしいのです。心弱くてできることではありません」と語るゆえんである。

川端は、若き日、「「文芸時代」創刊の辞」（大13・10）のなかで、次のように述べていた。

「宗教時代より文芸時代へ。」この言葉は朝夕私の念頭を去らない。古き世に於て宗教が人生及び民衆の上に占めた位置を、来るべき新しい世に於ては文芸が占めるであらう。これを信じることは我々の使命感を鼓舞し、生活感情を正しくする。そしてさう信じるのは私一個の独断ではない。人々は泰西芸術論者の熱情的な予言を聞くがいい。我々の祖先が墓石の下にその屍を埋め西方浄土の永生を信じて安らいだやうに、我々の子孫は文芸の殿堂の中に人間不滅の解決を見出して死を超越するであらう。（中略）我々の祖先が仏の御寺に詣でて聖から生くべき道を聞いたやうに、我々の子孫は文芸の御寺に詣でて生くべき道を知るであらう。

「魔界」の思想が、文芸を現代人の宗教と見るこの考えの延長上にあることは言うまでもない。

注

第一章　「伊豆の踊子」――「孤児根性」から脱却するとはどういうことか

1　「「伊豆の踊子」覚え書き」（「東京都立日野高等学校研究紀要」平5・3）。

2　原善「「伊豆の踊子」――批判される〈私〉」（『川端康成――その遠近法』平11・4、大修館書店）。以下、原への言及は同じ。

3　三川智央「『伊豆の踊子』論――〈語り〉の多重的構造について」（福井大学「国語国文学」平9・3）。以下、三川への言及は同じ。

4　前掲論文（注1）。なお、馬場より早くに、田村充正「「伊豆の踊子」試論――虚構のカタルシス」（『交錯する言語』平4・3、名著普及会）は、「私」は「世間尋常な意味で自分がいい人に見えること」に至福を感じているが、「旅芸人の一行は『世間尋常』の人達として位置づけられておらず、彼等の承認は社会的承認とはならない」と指摘し、「私」の「孤児根性からの解放」は「誤解である」と述べている。

5　「「伊豆の踊子」、間道の場面その他――原善氏の批判に答える」（「解釈」平14・9）。

6　片桐雅隆『過去と記憶の社会学』（平15・2、世界思想社）に、「記憶は、過去の出来事の『客観的な記録』ではなく、むしろ現在の状況を説明するために解釈され、ある場合には『捏造』される構築物である」とある。

7 『伊豆の踊子』の構造と〈私〉の二重性」(「國學院雑誌」平3・1)。

8 森安理文「伊豆の踊子――遇う人はみな旅人」(『川端康成　ほろびの文学』平1・10、国書刊行会)は、旅芸人一行を、「家なき子」と捉え、「川端にとって、少年から青年期にかけての人に言い知れぬ哀しみの実感は、彼らと同じように『家なき子』にあって、踊子に対する潜在的な心の親近感はそこにあったはずである」と述べている。

第二章　「禽獣」の花嫁――動物・死者・仏

1 「「禽獣」論――三つの構図をめぐって」(「芸術至上主義文芸」第14号、昭63・12)。

2 「虚無の美学――「禽獣」」(『作品論の試み』昭42・6、至文堂)。以下、三好への言及はすべて同じ。

3 「禽獣」(「國文學」昭44・6)。

4 「『禽獣』」(『川端康成の芸術――純粋と救済』昭56・11、明治書院)。以下、鶴田への言及はすべて同じ。

5 「川端康成「禽獣」論――舞踊による解釈の試み」(「学苑」第六三八号、平5・1)。武智政幸「『禽獣』論「千花子」のなかの「禽獣」」(「昭和文学研究」第28号、平6・2)にも、同趣旨の指摘がある。菊戴と特定せず、「彼」の身辺の動物と千花子が同一化されているという趣旨の指摘も少なくない。

6 「『禽獣』論――認識の背理」(「川端文学への視界」第10号、平7・6)。深澤晴美「「禽獣」論――その「入子型」構造を回って」(「芸術至上主義文芸」第14号、昭63・12)などにも、同趣旨の指摘がある。

7　小林一郎「「禽獣」論――その『構造』を中心に」（『〈川端康成研究叢書4〉非情の交感』昭53・8、教育出版センター）は、「形骸化した女、既に、人間を失った姿に、むしろ『虚無』を感じ、『無心』を認めたのであって、人間喪失の姿の中に、かえって『禽獣』の『非情』を見たのである」と述べて、死者が動物と「無心」を共有していることを指摘している。

8　「『禽獣』・『雪国』」（『解釈と鑑賞』昭32・2）。

9　「川端康成「禽獣」試論――〈夢〉の破れ」（『文学』平1・12）。馬場は、「〈禽獣〉という語の意味が、正に『彼』自身を罵って言う言葉として存在している」、「道理や恩義を弁えぬ者を罵って言う語が〈禽獣〉なる言葉なのである」と述べている。

第三章　変幻する『雪国』――メタファーと写像

1　渡部昇一他訳、昭61・3、大修館書店。以下、レイコフとジョンソンへの言及は同じ。

2　レイコフとジョンソンは、たとえば、「頭に霜を戴く」とか「あの狼はまた悪事をはたらいた」という文自体を隠喩と見なす立場にたっている。写像の操作が行われることによって生成する文をメタファーと見なしているわけである。これに対して、写像される概念に相当する「霜」や「狼」を、それぞれ「白髪」や「人間」のメタファーと見なすのが、私たちの一般的な用法ではないだろうか。この場合も、「霜」の場合はその「白さ」の特性が、「狼」の場合はその「獰猛さ」の特性が、「白髪」や「人間」にそれぞれ写像されているのであって、働いているメカニズム自体は同じである。葉子や行男をメタファーと呼ぶ本章は、この一般的な使用法に従っている。

3　「あいまいさの効果――『雪国』についての一考察」（『現代作文講座』3、昭52・1、明治書院）。

4　「「雪国」の位相と構造」（『異域からの旅人　川端康成論』（昭56・11、河出書房新社）。

5　「川端康成の美学――『雪国』とのかかわり」（「立命館文学」第五〇五号、昭63・10）。

6　『異常心理学講座』9（昭48・5、みすず書房）の安永浩「知能の病理――精神薄弱と痴呆」。以下の知的障害の説明も同じ。なお、最近では「精神薄弱」に代えて「知的障害」や「精神遅滞」の使用が一般化しつつあり、本章でもそれに従った。

7　ルネ・ジラール『欲望の現象学』（古田幸男訳、昭46・10、法政大学出版局）。

8　『作家川端の展開』（平5・3、教育出版センター）の「『雪国』を読む、その二」。

9　「『雪国』論」（「近代文学」昭28・4）。

10　山本健吉は、「駒子や葉子のなかに瞬間的に輝き出る女の無償の美しさを、『末期の眼』ともいうべき、一種虚無的な眼によって捉え出すのだが、そのために島村は、自分を全然人生の葛藤の外に置いて、ひたすらな美の追求者として存在しなければならない」（『近代文学鑑賞講座』第13巻、昭34・1、角川書店）と述べている。

11　『一般言語学』（川本茂雄他訳、昭48・3、みすず書房）の「言語学と詩学」。

12　注15の笹淵友一論文では言及されていないが、ヒロインと狂気との結びつきという点でも、『雪国』と謡曲「松風」のあいだには類縁性がある。

13　鶴田欣也「『雪国』――生と清め」（『川端康成の芸術　純粋と救済』昭56・11、明治書院）。以下、鶴田への言及は同じ。

14　鶴田欣也は、「後半駒子が出てくるまでの序に当る部分は駒子の肉体の熟れとその背後にある腐敗及び死を先取りし、暗示する役目を果している」と指摘している。また、島村の三度目の訪問についてではないが、林武志「『雪国』論」（『川端康成研究』昭51・5、桜楓社）に、「『雪国』には、〈死〉が一つのモティーフとして存在している。視点をそこに据えると、駒子と葉子は島村を中心としてというより、死病の床にある青年、行男を軸にして描かれているると言えるのではないか」とある。

15 笹淵友一「雪国」（長谷川泉編『川端康成作品研究』昭44・3、八木書店）に、謡曲「松風」との類似に関する指摘がある。

第四章 『舞姫』の「魔界」――戦後社会批判

1 「『舞姫』論――外的変化による自己解放」（『川端文学への視界』第13号、平10・6）。

2 「『舞姫』論」（『〈川端康成研究叢書8〉哀艶の雅歌』昭55・11、教育出版センター）。

3 三島由紀夫「解説」（新潮文庫『舞姫』昭29・11）に、「この小説にあらはれる善神にも、美神にも、悪魔にも、ことごとく、用意周到に、無力感が配分されてゐる」とある。

4 河合著『自由主義の擁護』（昭21・10、白日書院）に付された木村健康の「跋」。

5 『時局と自由主義』（昭12・4、日本評論社）。

6 『自由主義の擁護』（注4）。

第五章 『千羽鶴』の茶道批判

1 『山上宗二記 付 茶話指月集』（熊倉功夫校注、平18・6、岩波文庫）。

2 『茶道の哲学』（昭62・12、講談社学術文庫、原典刊行は昭48）。

3 『家元の研究』（昭34・10、校倉書房）。以下、西山への言及はすべて同じ。なお、西山は家元制度の成立を江戸中期としているが、廣田吉崇『近現代における茶の湯家元の研究』（平24・12、慧文社）は、大正・昭和初期と考えている。

4 「「千羽鶴」論」（長谷川泉・武田勝彦編『川端文学――海外の評価』昭44・4、早稲田大学出版局）。

5 「魔界の彼方へ――「二人で一人、一人で二人」の幻」（『異界の方へ　鏡花の水脈』平6・2、有精堂）。吉村貞司「ふたご座の美学――『千羽鶴』における古典回帰」（『川端康成・美と伝統』昭54・12）にも、同様の指摘がある。

6 深澤晴美「『千羽鶴』のゆくえ――『波千鳥』試論」（「国文」第65号、昭61・7）や石川巧「観光小説としての『波千鳥』」（「敍説Ⅱ」第2号、平13・8）を参照した。

7 『茶湯一会集・閑夜茶話』（戸田勝久校注、平22・10、岩波文庫）。

8 （1）に同じ。

9 武田勝彦との対談「川端康成氏に聞く」（「國文學」昭45・2）。

第六章　『山の音』の伝統継承――死の受容と生命の解放

1 「『山の音』」（『川端康成の芸術　純粋と救済』（昭56・11、明治書院）。以下、鶴田への言及はすべて同じ。

2 「「山の音」の蛇について――再び鶴田欣也氏に答える」（『川端文学への視界』第1号、昭60・1）。

3 大久保喬樹「象徴の小説――「山の音」論」上（「季刊芸術」第10巻第2号、昭51・4）。なお、岩田光子「「山の音」」（『川端文学の諸相——近代の幽艶』昭58・10、桜楓社）にも、「「山の音」は、終局に至っても、はじめに設定された状況から殆ど進展していない」とか、「本当の決着、説得力ある解決が、逆に何もないのだ」とかとある。

4　大坪利彦「「山の音」の分析」下（「明治大学大学院紀要」第24号、昭62・2）。

5　「『山の音』論——修一という息子」（「愛媛国文と教育」第30号、平9・12）。

6　川崎寿彦「「美しい日本」を継ぐ者は誰か?——『山の音』をめぐる一つの比較文学的考察」（「名古屋大学文学部研究論集」第88号、昭59・3）に、「信吾の追憶のなかの保子の美しい姉は、子供を育てている成熟した女ではなく、永遠の童女の姿だった」、「信吾の魂が渇仰するのは、永遠の母であるような永遠の処女、すなわち〈ヴァージン・マザー〉の類型であった」とある。

7　関口のぞみ「「山の音」——「山の音」の「老い」」（「日本文学論集」第20号、平8・3）に、「信吾の性に関する意識は、『狭い常識』に『追ひこめられた』『ものの考え方』の一つで、最も顕著なものである。具体的にいうと、ある程度の年齢が過ぎて、なお性的なものに固執することを嫌い、固執することを悪徳と見なすというものであろう」とある。

8　羽鳥徹哉「「山の音」における「自然」」（長谷川泉・鶴田欣也編『「山の音」の分析研究』昭55・12、南窓社）に、「菊子の信吾に対するこれまでのそぶりや言葉の全ては、信吾にとって意味あり気、女の男に対するそれのように受け取られていた。しかし菊子にすれば、子供の親を慕い、庇護者を慕う感情と、少なくとも彼女の意識の表面では、同じものだった」とある。

9　『山の音』——〈魔界〉とその美」（『近代文学　美の諸相』平13・10、翰林書房）。

10　「「山の音」——信吾の錯覚と語り手の偏見」（田村充正・馬場重行・原善編『川端文学の世界2　その

発展』平11・3、勉誠出版)。
11 「「山の音」における家庭」(前掲『「山の音」の分析研究』)。同様の指摘は少なくない。
12 「川端康成『山の音』論——夢の解釈と謡曲「紅葉狩」」(「二松」第12号、平10・3)。

第七章 『みづうみ』の「魔界」——〈無常〉への抵抗とその帰結

1 「「みづうみ」における魔界」(「國文學」昭62・12)。
2 「小説の時間——『みづうみ』の場合」(「国語国文薩摩路」第54号、平22・3)。同様の指摘は、林武志『川端康成』(「鑑賞 日本現代文学」昭57・11、角川書店)や橋本達彦「川端康成『みづうみ』論」(「山口国文」第17号、平6・3)にもある。
3 寺田透・三島由紀夫とともに行った「創作合評」(「群像」昭30・6)で、「おそらく『銀平』も親父さんと同じ『みづうみ』にはまつて死んじやうということじやないかな」と発言している。

第八章 『眠れる美女』——母性と救済

1 「「山の音」から「眠れる美女」へ——「老い」を中心に」(「日本文学論集」第18号、平6・3)。
2 「昭和三十年代の川端康成——「眠れる美女」を基軸として」(『作家の肖像 宇野浩二・川端康成・阿部知二』平17・1、林道舎)。
3 『川端康成の芸術 純粋と救済』(昭56・11、明治書院)の「『眠れる美女』」。
4 「解説」(新潮文庫『眠れる美女』昭42・11)。
5 「「眠れる美女」論」(「國文學」昭45・2)。

6　「「眠れる美女」の幻視のエロス」（「國文學」昭62・12）。

7　「川端文学と古典の世界」（長谷川泉編『川端康成作品研究』昭44・3、八木書店）。

8　『川端康成の世界――美と仏教と児童文学と』（昭60・10、双文社出版）の「『眠れる美女』と古典」。

第九章　「片腕」の寓意――永遠の独身者

1　「「片腕」」（『川端文学と聖書』昭46・7、教育出版センター）。

2　宮崎尚子「川端康成「片腕」論」（「方位」第25号、平19・3）に、「身を任せることで処女は死に、母として再び生を得るということになる」、「男に身を任せる娘は処女としての美は失うが、再び女として美が復活する」とある。

3　「片腕――悲劇の露」（『川端康成　ほろびの文学』平1・10、国書刊行会）。田口茂「『片腕』論――作品構造と主題について」（『川端文学への誘い』昭61・8、三弥井書店）に、「娘を母（母体）、娘の片腕をその母の子（女体）ととることが可能ならば、何等かの理由で男と一晩過ごすことであり『このお方のものになるのよ。』というのは、交情を意味する。それ故、母は手塩にかけて育てた子が男のものになるというので『涙が浮ぶのをこらへ』ているのである」とある。

4　「オマージュが映し出す『片腕』像――石田衣良作品を手がかりに」（『川端文学への視界』第24号、平成21・6）。

第十章　『たんぽぽ』の「魔界」――日本の歴史継承批判

1　昭和四十三年二月「新潮」。『たんぽぽ』（昭47・9）の校訂を担当した川端香男里によれば、康成が手元に保管していた初出の切り抜きの、この一節を含む部分に、「後の事」という書き入れがあり、「改めてもっと後のストーリイに生かされることになっているので、この部分も本文から除いた」という。しかし、「もっと後のストーリイ」が結局書かれなかった以上、「除」くべきではなかったのではないだろうか。この部分は作品解釈上、決定的に重要な情報を含んでいる。

2 「「たんぽぽ」試論――生田伝説・三井寺伝承を中心に」（『魔界遊行――川端康成の戦後』昭62・3、林道舎）。以下、森本への言及はすべて同じ。

3 三井寺の梵鐘をめぐる伝承を紹介した森本穫は、「民話で妻の正体があらわれて湖水の底深く身を隠さねばならなくなったように、稲子の父木崎中佐は、何らかの理由によって、三人の幸福な家庭を全うすることができず、ひとり海中に没する」と、木崎と湖に住む盲目の蛇とを重ねて理解し、「稲子の撞く鐘は、亡き父を呼びもとめる声にほかならず、父もまた、鐘の音を通じて、遠く稲子をもとめているのである」と述べている。

あとがき

　私は、二〇一一年四月から翌年三月まで、勤務校から海外研修の機会を与えられて、ロンドンで過ごした。研究課題は、夏目漱石の読んだと推測される新聞を調査することであったが、講義からも会議出席などの雑務からも解放された生活には余裕があった。そこで川端の主要な作品を読み返し、考えをまとめることにした。『雪国』と『たんぽぽ』を除く本書に収めた論文の初稿は、ロンドンでなったものである。『雪国』論は渡英以前にすでに仕上がっていたが、『たんぽぽ』論は、「魔界」について考える必要上、ごく最近書きあげた。

　ロンドンでの生活は、下宿に引きこもりがちな味気ないものであったが、かなりの分量に上る新聞記事の翻訳文と川端康成論の下書き原稿を携えて帰国することができた。似た経験をした研究者には容易に推測できることと思うが、帰国後の私を待ち受けていたのは、想像を越える煩忙であった。イギリスで思いたって、漱石研究の一環として俳句や写生文の講義に着手したことも、忙しさに輪をかける結果を招いた。川端論について言えば、国文学研究資料館などに足を運んで、先学の論文を収集し、先行研究と私の考えを結び付けさえすれば、論文として完成するはずであった。が、講義の準備や雑務に追われる生活のなかでは、資料収集さえ思うにまかせなかった。本書の刊行が今日まで遅延したゆえんである。新聞記事の翻訳の方も、本にしたい意向をもっているが、その大部分が篋底に眠ったままというありさまである。

漱石を専門に研究する私があえて川端論を上梓するのは、研究史のうえでそれだけの価値があると考えるからである。個々の作品の解釈の点でも、「魔界」理解の点でも、少なからぬ創見を含んでいると信じる。ところが、いくつかの雑誌に投稿した拙論は、いずれも門前払いの扱いを受けた。学会という組織に第一に求められるのは公正さだと考えるが、それが担保されているかどうか、疑義を抱かざるをえない。本書の読者が公正な判断を下してくださることを念じてやまない。

本書に収録した論文のおよそ半分が書下ろしになるが、残りは既発表である。以下に、それを記す。本書で、表題を若干改めたものがある。

「変幻する『雪国』——メタファーと写像」（「大東文化大学紀要」第50号、平24・3）
「「伊豆の踊子」——「孤児根性」から脱却するとはどういうことか」（「日本文学研究」第52号、平25・2）
「『眠れる美女』の〈魔界〉——母性と救済」（「日本文学研究」第53号、平26・2）
「『山の音』の伝統継承——死の受容と生命の解放」（「大東文化大学紀要」第52号、平26・3）
「「片腕」の寓意——永遠の独身者」（大東文化大学人文科学研究所「人文科学」第19号、平26・3）

「『たんぽぽ』の「魔界」——日本の歴史継承批判」（「大東文化大学紀要」第53号、平27・3）

【著者略歴】

藤尾健剛（ふじお　けんごう）

昭和34年4月、兵庫県姫路市に生まれる。
早稲田大学第一文学部卒、同大学院文学研究科修士課程修了。
香川大学助教授を経て、現在大東文化大学教授。
著書に、『漱石の近代日本』（平23・2、勉誠出版）がある。

川端康成　無常と美

発行日	2015年10月30日　初版第一刷
著　者	藤尾健剛
発行人	今井　肇
発行所	翰林書房
	〒101-0051 東京都千代田区神田神保町2-2
	電 話　(03)6380-9601
	FAX　(03)6380-9602
	http://www.kanrin.co.jp/
	Eメール●Kanrin@nifty.com
装　釘	藤尾真司
印刷・製本	メデューム

落丁・乱丁本はお取替えいたします

ISBN978-4-87737-388-7